N&K

»Es gab nur noch die eine Aufgabe, gegen das Vergessen anzuschreiben. Mit aller Liebe, allem Vermögen, in zäher Verbissenheit. Vergessen tötet die Toten noch einmal. Und so schrieb ich weiter …«

Grete Weils »Tramhalte Beethovenstraat«, der 1963 erstmalig erschien, war der erste deutschsprachige Roman einer Überlebenden über Exil, Verfolgung und Ermordung der europäischen Juden.

Grete Weil wurde 1906 in Rottach-Egern geboren. Sie studierte Germanistik und ging mit dem Dramaturgen Edgar Weil, ihrem Mann, in die Emigration nach Holland. Edgard Weil wurde später im KZ Mauthausen ermordet. Grete Weil tauchte unter und kehrte 1947 nach Deutschland zurück. Für ihr literarisches Werk erhielt sie zahlreiche Auszeichnungen. Bis zu ihrem Tod 1999 lebte Grete Weil in der Nähe von München.

Grete Weil

TRAMHALTE BEETHOVENSTRAAT

Roman

NAGEL UND KIMCHE

Die Originalausgabe erschien 1963
im Limes Verlag, Wiesbaden.

1. Auflage 2024

Ungekürzte Taschenbuchausgabe bei Nagel und Kimche

Umschlaggestaltung von wilhelm typo grafisch
Umschlagabbildung von Max Beckmann,
Die Synagoge in Frankfurt am Main (1919)
Gesetzt aus der Centennial
von GGP Media GmbH, Pößneck
Druck und Bindung von CPI books GmbH, Leck
Printed in Germany
ISBN 978-3-312-01330-2
www.harpercollins.de

Druckprodukt mit finanziellem
Klimabeitrag
ClimatePartner.com/15109-2009-1001

FSC
MIX
Papier
FSC® C083411

Susanne kam herein, ohne anzuklopfen, den Bauch ein wenig vorgeschoben, ein archaisches Lächeln um den Mund. Aber sie lächelte nicht. Mit großen runden, bernsteingelben Augen deutete sie auf den Schreibtisch und sagte, die Antwort auf ihre Frage vorwegnehmend: »Nein.«

Er klappte hastig das Heft zu, das vor ihm lag. Ein ertappter Schuljunge. Sie ging zum Bücherschrank, nahm die drei Bände heraus, seine Werke, die sie für ihr geheiligtes Besitztum hielt, drückte sie zärtlich an die Brust und sagte noch einmal: »Nein.«

Sie sagte seit Jahren nichts anderes. Wie immer reagierte er mit Hass. Ungerechtem Hass, denn sie konnte nichts dafür, dass sie nicht mehr wie ein Araberknabe aussah, abgerissen, halb verhungert, mit dem gierigen Blick der im Lager Getretenen. Sie hatte sich herausgefuttert und es zu dem gebracht, was die Männer an den Stränden »eine tolle Figur« nannten. Keine schwamm wie sie über den ganzen See oder die ganze Meeresbucht, in großen Zügen, ohne jede Anstrengung. Strahlend stieg sie ans Ufer und zog die Badekappe vom schwarzen

Haar. Sieg auf der ganzen Linie. Niederlage nur, wenn er mit im Spiele war. Sie hatte einen Dichter geheiratet. »Mon poete.« Den Verfasser zweier Gedichtbände und einer Novelle. Im neuen Brockhaus stand er als »junger, vielversprechender Vorkriegslyriker«.

Susanne konnte es sich leisten, ihm die materielle Sicherheit zu geben, die ihrer Ansicht nach ein Künstler brauchte. Das Vermögen ihrer vergasten Eltern war enorm und sie die einzige Erbin. Sie brachte ihm das Opfer, nach München zu ziehen, in das verhasste Land, weil sie fand, dass ein deutscher Dichter in deutscher Umgebung leben muss. Baute ein Haus in Grünwald und setzte ihn in ein Zimmer mit schalldichten Wänden.

Aber er schrieb nicht. Das ging über ihren Verstand. Sie hielt es für eine Beleidigung, die er ihr absichtlich zufügte.

Er schob seinen Stuhl zurück und stand auf. Trat vor das Bild von Klee – gelbe Vögel und orangene Mondsichel –, das zwar von ihrer Familie stammte, doch ihm gehörte. Sein einziger Besitz. Es war ungerahmt, an den Rändern zerfetzt, von einer Ecke zur anderen ging ein Riss. »Man hängt kein kaputtes Bild auf«, hatte sie gesagt, als er es zu einer Zeit, in der sie noch miteinander sprachen, mit Reißnägeln an die Wand pickte.

Er holte sich bei den teils geköpften, teils schwanzlosen Vögeln Mut, bevor er sich umwandte.

»Kann ich den Wagen für ein paar Tage haben?«

»Nein.«

»Gib mir den Schlüssel.«

»Nein.«

Da ging er, was er noch nie getan hatte, zur Aggression über. Sie trug den Schlüssel zu ihrem Wagen, den sie nach seinen Büchern am meisten liebte, immer bei sich. Die Überrumpelung gelang, sie konnte sich nicht wehren, die Bücher behinderten sie. Er zog ihr den Schlüssel aus der Rocktasche.

»Nein!« Das zornige Kreischen eines Pfaus. Und noch einmal, wild aufschluchzend: »Nein!«

Die Tür knallte zu, er lief in sein Schlafzimmer, nahm den schon vorher gepackten Koffer und trug ihn zur Garage.

Der Gärtner öffnete ihm das Tor, als er mit dem roten Porsche rückwärts herausfuhr.

»Der Herr fahren ohne die gnädige Frau?« Er gab keine Antwort. Diese Anrede in der dritten Person. Mit dem rechten hinteren Kotflügel stieß er gegen den Torpfosten. Statt sich vorsichtig hinauszumanövrieren, gab er Gas. Der Pfosten kratzte über die ganze Seite, und wenn schon. Nichts interessierte ihn als die Straße, die von Susannes Haus wegführte. Straße der reichen Kaufleute und der Filmschauspieler. Er war nicht so vermessen, zu denken: in die Freiheit. Er dachte: fort. Nichts anderes. Schon lange gewohnt, dass seine Handlungen keine Konsequenzen nach sich zogen.

Das Beste am Auto war, dass es das Rollen der

Trambahnen übertönte. Aber an einer Ampel, die von Rot auf Grün wechselte, hörte er es doch, Entsetzen kroch das Rückgrat entlang, er vergaß anzufahren, hinter ihm wurde gehupt, sein Wagen ruckte nach vorn, ein Mann sprang zur Seite und tippte sich gegen die Stirn.

Es war gut, zu fahren. Konzentration verdrängt Sensibilität. Man denkt wie die andern, unkompliziert, egoistisch, rücksichtslos. Die Porschefahrer grüßten sich mit aufleuchtenden Scheinwerfern, eine verschworene Truppe der Schnellsten. Beim ersten Mal vergaß er, den Gruß zu erwidern, beim zweiten Mal dankte er, beim dritten Mal war er der Erste, der blinkte.

Er fuhr am Museum vorbei. Den Neunjährigen hatte der Vater im professoralen Schlapphut geführt und mit erhobener Stimme doziert, als spräche er im Hörsaal zu seinen Studenten, über gotische Madonnen, leicht eingeknickte, überschlanke; eine sah aus wie die andere, hölzern vor weiß getünchter Wand, fade lächelnd in ewiger Mutterschaft. Grässliche Langeweile. Schläfrig nickte er zu des Vaters Worten und ließ die Murmeln in der Hosentasche gegeneinanderstoßen. Dann kamen sie um eine Ecke, hinter der ritt der Tod, schwarz schimmernd, mit bleckenden Zähnen, Sense und Stundenglas in der Hand. Er sah ihn zum ersten Mal, die Begegnung war stürmisch, brannte die Wunde ins Fleisch, die sich nie mehr schloss, und beendete mit einem Schlag die Zeit der Geborgenheit.

»Ein mittelmäßiges Werk, komm weiter, Andreas.« Aber er kam nicht, konnte gar nicht kommen, seine Beine waren zu schwach, er streckte die Hand aus, fasste den Klepper an, kalt und hart, Unberührbares, Verbotenes, die Hand fuhr zurück, er schlich dem Vater nach, der ungeduldig wartete: »Man kann dich nicht mitnehmen, du bist noch zu dumm.«

Doch nach wenigen Tagen verwandelte sich der Tadel in Lob. Er ging ins Museum, unaufgefordert, allein, sooft er nur konnte, die Mutter erzählte es bei einem Tee den Damen, die ob dieser Frühreife bewundernd und besorgt die Köpfe schüttelten. »Nicht etwa zu den Krippen, nein, zu den gotischen Madonnen. Nicht wahr, mein Kleiner, du bist glücklich in Gegenwart dieser wunderschönen Frauen?« Er nickte, zu jeder Lüge bereit, um sein Geheimnis zu wahren, »Épatant, il a seulement neuf ans«, sagte die Kommerzienrätin und schien es für unmöglich zu halten, dass ein Kind Französisch verstand.

Die Madonnen säumten den Weg wie die dunklen Zypressen, die zu den Friedhöfen führen; hoch über ihm lächelten sie, wenn er, ohne sie anzusehen, vorbeilief, mit klopfendem Herzen, das immer schneller schlug, je näher er der Ecke kam. Dort blieb er stehen, zusammengekrümmt, kraftlos, zitternd vor Entsetzen und Lust, und kostete die Qual des Wartens aus. Manchmal konnte er es nur einen Augenblick aushalten, aber er brachte es auch fertig, die Folter endlos zu dehnen. Noch nicht, noch nicht, noch nicht, jetzt bald, jetzt gleich, eins, zwei, drei, vier, fünf, sechs, sieben – jetzt! Dann rannte er los, warf einen gehetzten Blick auf die dunkle Figur und floh.

Immer dasselbe Spiel, monatelang, jahrelang, bis er anfing, die ersten Gedichte zu schreiben. Hymnen an den Tod, in freiem Versmaß, Novalis und Mombert waren die Vorbilder.

Er hielt vor dem Haus, das seinen Eltern gehört hatte, im Herzogpark, um die Ecke bei Thomas Mann. Ausgebrannt, war es vom Vater noch vor der Währungsreform für beinahe nichts verkauft worden. Der neue Besitzer hatte es modernisiert, es war nicht schöner geworden, man sah ihm trotz allen Bemühungen, es zu vertuschen, die Jugendstilherkunft an.

Eine Weile blieb er im Wagen sitzen, dann stieg er aus, trat ans Gitter und schaute in den Garten, der nicht mehr die schöne Wildnis von früher war, sondern die affektierte Nachahmung eines Parks auf viel zu kleinem Raum. Ein japanischer Kirschbaum stand in voller Blüte, Fliederbüsche, aber die hatte es auch zu seiner Zeit gegeben, ein paar exotische Kiefern mit weichen, hängenden Nadeln, Rhododendren und Azaleen; auf dem kurz geschnittenen Rasen spielten zwei Kinder mit bunten Reifen.

Das kleine, etwa achtjährige Mädchen und der etwas ältere Junge warfen ihm misstrauische Blicke zu, einen Moment lang sah es so aus, als wolle der Junge zum Gitter kommen, um ihn wegzuweisen, dann aber machte er eine herrische Handbewegung, die das Mädchen zum Weiterspielen zwang. Andreas hätte sich im gleichen Alter über jeden Fremden gefreut, jeder, der kam, war das große Abenteuer, jeder ein Bote der Götter, empfangen mit der ungeheuren Bereitschaft, sich verzaubern zu lassen.

Der Junge hier hatte entschieden, dass ein Mann, der durch Gitter in andere Gärten schaut, nicht beachtenswert ist. Konzentriert spielte er weiter, tyrannisierte das Mädchen und nahm geschickt den kleinsten Vorteil wahr. Wie gut wäre es gewesen, wenn er gemogelt hätte. Aber er mogelte nicht, das hatte er nicht nötig, wohlkalkuliert erreichte er, was er wollte. Diese offen zur Schau gestellte Überlegenheit war unfair und brutal. Er gebrauchte die kleine Schwester, um sich in der Fertigkeit zu üben, oben zu sein. Sie war eine Art Punchingball, auf den er einhieb, um seine Muskeln zu kräftigen. Ein nützlicher Gegenstand, nichts zum Lieben.

Eine fremde Generation. Ebenso fremd wie die der Eltern. Dazwischen verloren man selbst.

Des Vaters pathetisch schluchzende Stimme, wenn er vom Menschen sprach. Professor für Geschichte des Mittelalters an der Universität. Wagnerkenner, Wagneranbeter, hojotoho, Schiller durfte auch noch bestehen. Lateinisch strömte wie Deutsch, Griechisch war zur Rezitation geeignet. Ein wenig Französisch, kein Englisch. Ohne Interesse für andere Völker, soweit es nicht ihr Mittelalter betraf. Ein Spießer, der sich als aufrechten Demokraten bezeichnete und alle anderen als Spießer, rachsüchtig, fortschrittsgläubig und überzeugt, dass die Deutschen und vor allem die Bayern die Krone der Schöpfung seien. Der Mutter, Tochter eines reichen schlesischen Mühlenbesitzers, war die Demokratie egal, sie hatte einen Hang zum Hochadel. Zwei Wittelsbacher Prinzen gehörten zum engeren Freundeskreis. Auch einige Juden – man war tolerant. Den Hitler konnte man nicht leiden, machte sich über ihn lustig, erst öffentlich und später im Geheimen, »attention les doméstiques«. Bei offiziellen Anlässen hob man die Hand zum deutschen Gruß, auch zahlte man seinen Beitrag zur Winterhilfe und konnte nicht umhin, die Autobahnen für eine große Sache zu halten. Heulte mit den Wölfen. Und begehrte nicht auf, solange es nicht an die eigene Haut ging.

Als es dann wirklich an die eigene Haut ging, war es zum Aufbegehren zu spät. Die Mutter wurde kurz vor Kriegsende von einem Bombensplitter getötet.

»Eine verirrte Bombe«, sagte der Vater, als müsse er Andreas beteuern, dass die Alliierten nicht ausdrücklich die schlesische Müllerstochter mit diesem Abwurf gemeint hatten.

Der Vater starb wenige Jahre später an Krebs. Er weinte viel in seinen letzten Tagen, sprach auch zum ersten Mal oft von Gott und war im Übrigen unleidlich zu seiner Umgebung, vor allem zu den Krankenschwestern, die er mit gut gezielten Bosheiten kränkte und mit nie endenden Wünschen schikanierte. Nur Susanne, der reichen, schönen jüdischen Schwiegertochter, lächelte er zu. »Du bist gut, mein Kind, du wirst für Andreas sorgen.« »Für euch beide.« »Für mich braucht keiner mehr ...« Keuchend hervorgestoßen, gierigen Lebenswillen in den brechenden Augen. Widersprach ihm keiner? »Für Andreas. Der braucht dich. Untauglich fürs Leben.« Ein triumphierender Blick, das Urteil war endgültig.

Ein langer und schrecklicher Todeskampf. Die halbe Nacht röchelte er, gegen Morgen wurde der Atem flach, und schließlich lag er mit offenem Mund unbeweglich da.

»Er hat es überstanden«, flüsterte Susanne weinend und drückte dem Toten die Augen zu. »Willst du kein Vaterunser oder so etwas sprechen? Ich kenne eure Gebete nicht.«

Andreas wollte nicht.

»Du bist herzlos. Immerhin war er dein Vater.«

Er lachte über das *immerhin*. Sie sah ihn erschrocken an. »Wie kannst du? Im Angesicht des Todes.«

Von seinem Schweigen gereizt, sagte sie unvorsichtig: »Du hast nie etwas mit dem Tod zu tun gehabt. Uns im Lager ist das Lachen vergangen. Berge voll Leichen.«

»Die vierundzwanzig mitgerechnet, die du auf dem Gewissen hast?«

Er hatte es nie erwähnt. Wahrscheinlich war sie der Ansicht gewesen, dass er die Geschichte nicht kenne. Sie wurde blass, bis auf die vom Weinen gerötete Nase.

»Was soll das? Ich finde es geschmacklos von dir, gerade jetzt damit anzufangen. Du kannst doch nicht im Ernst meinen, dass ich Schuld an ihrem Tod habe.«

»Du hast sie verraten.«

»Lächerlich. Wie konnte ich annehmen, dass die Mulders so idiotisch sein würden, eine Liste mit Adressen von Untergrundleuten in ihrem Schreibtisch aufzuheben?«

»Das ist keine Entschuldigung für dich.«

»Ich war siebzehn.«

Er packte ihre Hand. »Und wenn du zehn gewesen wärest. Hast du dem SD-Mann geglaubt, als er sagte, er wolle nur deinen Koffer holen? Sag mir, ob du ihm geglaubt hast?«

»Au. Du tust mir weh. Sei nicht so grob. Natürlich habe ich ihm geglaubt.«

»Du hast die Adresse hergegeben. Und wusstest doch, was für ein Schwein der schöne Ede war.«

»Nein. Ich wusste es nicht. Hatte nie seinen Namen gehört.«

Sie log. Jedes Kind in Amsterdam kannte den Namen. Eine steile Falte stand zwischen ihren Brauen. Ungerührte Bernsteinaugen. Augen der Göttin, die sich gefühllos von den Männern bespringen lässt.

»Hat er dich angerührt?«

»Er hat mich geküsst, wenn du das meinst. Selbstverständlich hat er mich geküsst. Oder glaubst du, dass er für nichts nach meinen Sachen gelaufen ist?«

»Du hast ihm gesagt, wo die Mulders wohnen. Menschen, die dich unter Lebensgefahr versteckt hielten.«

»Er versprach mir, dass ihnen nichts geschehen würde. Ich kann nichts dafür, dass er sein Wort nicht gehalten hat. Schließlich ging es um mein Leben. Ich hatte nicht einmal einen Mantel bei mir, als er mich mitnahm, kein Kleid zum Wechseln, keine Seife, nichts. Einen Taschenkamm und einen winzigen Stumpen von Lippenstift. Er sagte, dass meine Chancen durchzukommen viel größer wären, wenn ich mich ein bisschen hübsch machen könne. Womit er ja recht hatte.«

»Und warum bist du nicht zu Hause geblieben?«

»Als ob man das aushalten könnte mit siebzehn. In einem muffigen Kleinbürgerzimmer herumzusitzen, ohne einen Menschen zu sehen. Übrigens haben es andere Leute ja auch nicht ausgehalten.«

Er hatte Lust, sie zu schlagen. Aber er schlug sie nicht. Sie lächelte überlegen, nahm ihn sanft an der Hand und führte ihn hinaus.

Es war höchste Zeit. Sauerstoffmangel, ein süßlicher Schweißgeruch, die eingefallene Puppe im Bett. Würgen im Hals.

Soviel Erfahrung er mit dem Tod hatte, so wenig mit Leichen. Die erste war von ihm, heimlich bei Nacht, mit Steinen beschwert, in eine Gracht geworfen worden. Der Vater war die zweite, die er sah.

Sie machte bedeutend mehr Scherereien. Susanne zwang ihn, eine schwarze Krawatte umzubinden und zum Standesamt, Friedhof, Bestattungsinstitut, zur Gärtnerei und Zeitung zu gehen. »Du musst das lernen«, sagte sie auf seinen Protest, »es geht nicht, dass ein erwachsener Mensch sich so anstellt.«

Auf dem Standesamt und dem Friedhof war es nicht schwer. Zwei Schalter für Todesfälle, an dem einen stand A–L, an dem anderen M–Z. Das Grab war vorhanden, die Mutter lag schon darin. Den Sarg auszusuchen erforderte Nachdenken. Er ging zwischen einfachen Kisten und prunkvoll mit Silber ausgeschlagenen Ungetümen hin und her. Konnte sich nicht entschließen. Braucht man überhaupt einen? Wie einfach ist die Gracht.

»Feuerbestattung?«, fragte der Besitzer des Institutes, ein noch junger Mann, der dunklen Anzug und trauriges Gesicht als Berufskleidung trug. »Dann würde ein Leihsarg genügen.«

»Nein. Kein Feuer.« Die nicht loszuwerdende Vorstellung, dass Feuer wehtut. »Den da.«

»Das ist unser Einfachster. Der Verblichene war akademischen Ranges.«

So gewählt mit Genitiv.

»Die Juden legen ihre Toten in einfache Holzkisten.«

»Ich wusste nicht … Dagegen ist natürlich nichts einzuwenden.«

Susanne rief später an und bestellte einen anderen. Die Todesanzeige konnte sie nicht mehr ändern. In der schwarzen Umrahmung stand der Name des Vaters. Sonst nichts.

»Du bist schrecklich«, sagte Susanne, »ganz unmöglich. Einem Dichter müsste doch etwas einfallen.«

»Ich bin kein Dichter von Todesanzeigen.«

Aber des Todes. Nie endender Gesang der Trauer.

Die Worte gehen verloren auf dem Weg vom Kopf zum Papier.

Der Junge hatte jetzt beide Reifen. Wirbelte sie geschickt um seinen Körper. Das Mädchen sah zu, einen Finger im Mund, die Augen voll Tränen. Plötzlich schaute sie Andreas an, vorwurfsvoll, als habe er ihr den Reifen weggenommen.

Er wich diesem Vorwurf aus, der ihn trotz seiner Ungerechtigkeit verletzte, und ging zum Wagen. Jetzt musste er sich entscheiden, wohin er wollte. Die Ferne lockte nicht mehr. Noch unmöglicher war es, hierzubleiben. Langsam fuhr er an. Nach rechts, nach links? Zu Unbekanntem? Nein. Zu dem Allerbekanntesten, dorthin zurück, wo Anfang und Ende war: nach Amsterdam.

Im Aushängekasten neben der Haustür das Bild eines Babys. Blond, helläugig, lachend. Darüber in Goldbuchstaben noch immer der monströse Satz: Moderne Kunstfotos Sabine Lisser.

Hinaufgehen? Nicht hinaufgehen? Nicht hinaufgehen. Sabines schrille Stimme war unerträglich. Eine Feile auf Glas. (Der Vergleich stammte von Daniel.) Wohin sonst gehen?

Einmal um den Block. Durch die Euterpestraat, die jetzt Gerrit van der Veenstraat hieß, kein Holländer wollte mehr den zum Gestaposymbol entwürdigten Namen der Muse hören, (»Ich bin auf die Euterpestraat bestellt«, ein Grund, unterzutauchen oder sich das Leben zu nehmen); die Albrecht Dürerstraat, Cliostraat, zur Beethovenstraat zurück. Wieder vor Sabines Kasten. Als er ihn zum ersten Mal gesehen hatte, war auch ein Babyfoto darin gewesen. (»Babys sind süß«, sagte Sabine, »und machen den Leuten, die vorbeikommen, Lust, sich fotografieren zu lassen, auch von Werbung muss man etwas verstehen, wenn man ein Künstler ist.«) Kein blondes, blauäugiges, sondern ein dunkles, mit schweren Lidern. Aber gelacht hatte es auch. Alle Babys in Sabines Kasten lachten. Das von damals musste jetzt über zwanzig sein. Hätte sein müssen. Eins zu sechs Millionen die Chance, dass es noch lebte.

Damals, das war 1942. Bis zu dieser Zeit hatte er fast ungestört zu Hause arbeiten können. Obwohl er schon bei der Musterung an einen Stabsarzt geraten war, der Intellektuelle ebenso wie nervöse Herzen ablehnte und ihn k.v. schrieb. Doch wollte er nicht Soldat werden. Noch nie hatte er mit solcher Heftigkeit etwas nicht gewollt. Ungeheure Konzentration auf das Nicht-Wollen. An der Tür des Ordinationszimmers brach er zusammen.

Unter der Anleitung eines befreundeten Arztes gelang es ihm auch weiterhin, seine Untauglichkeit zu beweisen, und er brauchte keine Uniform anzuziehen. Einflussreiche Freunde brachten ihn bei einer Zeitung unter, die sich mit gelegentlichen literarischen Beiträgen zufriedengab, ihn aber als Feuilletonredakteur führte und seine U.k.-Stellung erreichte. Erst nach einem Wechsel in der Leitung erklärte man ihm, dass man ihn nur noch vollbeschäftigt behalten könne, und schickte ihn als Berichterstatter nach Amsterdam.

An einem herbstlich verhangenen Tag im August kam er an und bezog ein schon vorher gemietetes Zimmer bei einem pensionierten Kolonialbeamten in der Beethovenstraat.

Auf der Treppe begegnete ihm eine Frau mit dem

gelben Judenstern auf der Brust. Als er höflich Guten Tag sagte, drehte sie den Kopf zur Seite.

Mussten sie das tun? Er hielt alles für möglich. (Was er sich an diesem Tag noch unter »alles« vorstellte.) Jedenfalls nahm er sich vor, sie das nächste Mal anzusprechen, um ihr zu zeigen, wie er dachte.

Eine Minute später hatte er sie vergessen. Das Zimmer, in das ihn die Haushälterin führte (Mejuffrouw van Lier, über die Nickelbrille schielend, mit riesigem Busen), war voll Südseeramsch.

»Darf ich die Sachen wegstellen?«

»Das würde Mijnheer nicht wollen.« In fast fehlerfreiem, wenn auch akzentreichem Deutsch.

»Ich möchte Mijnheer selbst fragen.«

»Das geht nicht. Mijnheer ist krank.«

Ohne ein weiteres Wort ging sie hinaus.

Leben mit Bastkörben, gewobenen Tüchern, auch noch mit Pfeilen und Speeren mochte angehen, leben mit zwei grinsenden Masken, Touristensouvenirs aus Indonesien, war unmöglich. Er nahm sie von der Wand und legte sie, Gesicht nach unten, in einen der Körbe. Packte den Koffer aus. Stellte die Schreibmaschine auf das runde Tischchen, schob ein Stück Karton unter ein Tischbein und fing an zu arbeiten. Jede Stunde ohne Arbeit schien verloren. Sterben lag in der Luft, keine Zeit verlieren, morgen kann man selbst an der Reihe sein, es ist noch so viel zu sagen, der Roman erst zur Hälfte fertig. Schubladenroman, weder stilistisch noch gesinnungsmäßig erwünscht. Doch einmal muss der

Krieg zu Ende gehen, man wird wieder mitreden können, wieder Stimme sein, bis dahin weitermachen, die Geschichte Sebastian L.s erzählen, des Malers, des Fälschers, der seinen eigenen Stil verliert, weil er in den der anderen schlüpft, aus Gier nach Geld, nach Leben.

Erst am späten Abend ging er noch einmal aus. Im Mondschein bemerkte er jetzt, was ihm vorher entgangen war: einen Fotokasten unten am Haus. Ein dickes, gesundheitstrotzendes Baby mit den schweren Augenlidern der semitischen Rasse, die auch die ausgelassenste Heiterkeit melancholisch überschatten, lachte fröhlich in eine Welt, die ihm nicht wohlwollte. Als er an den Judenstern der Frau auf der Treppe dachte, spürte er ein Kratzen im Hals.

Salziger Wind strich ihm übers Gesicht, er roch Tang und hörte die Wellen gegen den Schiffsrumpf schlagen. Am Bug schwebte die Nike, die Siegesgöttin ohne Kopf und Arme, nur Körper, und flog der Insel entgegen, die vor ihnen lag in dunkler Bläue. Jeden Tag fuhr er herüber von Mykonos zu dem roten Mohn, den schlanken Löwen, dem ausgetrockneten Rund des heiligen Sees, wo Apoll zur Welt gekommen war. Delos, Ort ohne Tod. Niemand durfte hier sterben, niemand in Nachfolge der göttlichen Zwillinge geboren werden. Zufluchtstätte vor dem reitenden Tod; wenn er auf den Stufen des Theaters saß und über Meer und Inseln schaute, war er ohne Furcht und seines Anteils an der Welt gewiss.

Er legte den Kopf zurück und betrachtete die Sterne. Dass man sie sehen konnte, mitten in einer großen Stadt, war der Verdunklung zu danken. Pour quelque chose malheur est bon, sagen die Franzosen. Den Großen Bären kannte er, zog eine Linie zum Polarstern, fand auch das W der Kassiopeia. Man sollte sich mit Astronomie beschäftigen. Man sollte so viel.

Erst im Weitergehen fiel ihm auf, dass er allein auf der Straße war. Eine Großstadt am warmen Sommerabend, wenig nach zehn vom soliden Leben der Holländer gehört, doch dies ging entschieden zu weit. Man müsste sie aus den Häusern trommeln; unbändige Lust, zu grölen, zu randalieren, Frauen zu erschrecken, den Kopf in weißhäutige Brüste zu wühlen, in den scharfen Geruch der Schamhaare, Saskia, Hendrickje, Helene, dunkle Augen und heile Haare, hinter den schwarzen Fenstern lagen sie mit Männern und trieben es.

Das Herz klopfte im Halse. Vielleicht trieben sie es gar nicht, vielleicht standen sie lauernd mit angeschlagenem Gewehr, Jäger auf dem Hochstand, Killer aus patriotischer Leidenschaft.

Er fing an zu laufen, auf Zehenspitzen, um nicht durch Lärm die Aufmerksamkeit auf sich zu lenken, aber noch das leise Tappen klang ihm in den Ohren wie lautes Getrampel.

Von einem Haus lösten sich zwei Schatten, er sah sie zu spät, rannte gegen sie an, roch Leder, zwei blaue Taschenlampen blendeten ihn.

»Ihren Ausweis.«

Er holte den Pass hervor, die Pressekarte.

»Seit wann sind'S denn hier?« Eine bayerische gemütliche Stimme.

»Seit heute.«

»Drum.« Der andere fügte auf Norddeutsch hinzu: »Jetzt machen Sie aber schleunigst, dass Sie nach Hause kommen. Wir haben keine Lust, morgen früh wieder einen Deutschen aus der Gracht zu fischen.«

Er war nicht gewohnt, Befehlen zu folgen, wollte protestieren, verschluckte sich, hustete, es tat weh in der Lunge, dieses Klima, Meereshöhe, ein zu schwerer Druck, verglichen mit München.

Der Bayer klopfte ihm den Rücken und riet väterlich, er solle sich doch mit dieser Erkältung ins Bett legen.

Er murmelte »Danke«, machte kehrt und ging nach Hause, auf dem kürzesten Weg oder doch auf dem, den er für den kürzesten hielt, denn er merkte schon bald, dass er die Richtung verloren hatte. Geruch von stehendem Wasser, es glänzte dunkel, er war ziemlich sicher, hier vorher nicht vorbeigekommen zu sein.

Sie werden mich hineinwerfen, morgen früh ist wieder ein Deutscher fällig. Ein Feind, ich bin ein Feind, gehöre dazu, mehr als in München, bin ein Mitglied der Besatzungsmacht, ganz gleich, ob ich besetzen will oder nicht, niemand wird mich nach meiner Gesinnung fragen, vor dem Stoß in die Gracht.

Es war jetzt ganz dunkel, Wolken verdeckten den Mond, ein paar Scheinwerfer suchten den Himmel ab.

Und die Stille. So still darf es nur draußen sein in Wäldern und Wiesen, in der Stadt ist es gespenstisch, Symptom von Krankheit. Er war nun mit Absicht laut, stampfte und brummelte vor sich hin, aber sobald er stehen blieb, um sich zu orientieren, war die Stille von Neuem da und machte den Irrgarten, aus dem er nie mehr herausfinden würde, noch verworrener.

Dann kam der Mond wieder hinter den Wolken hervor, es war leichter zu gehen, er bog in eine Straße ein, in der er Trambahnschienen erkennen konnte.

Durch die Beethovenstraat fuhr eine Tram. Aber es war nicht hell genug, um die Straßenschilder lesen zu können.

Schließlich hörte er Schritte, ein Mann tauchte auf, es war ein deutscher Soldat, der zusammenzuckte, als er ihn ansprach, wahrscheinlich hatte auch er Angst vor der Gracht, gab aber höflich Auskunft, dass man sich in der Beethovenstraat befände, und ging nach einem Gutenachtgruß weiter.

Jetzt war es nicht mehr schwer, das Haus zu finden, an dem der Fotokasten hing. Er fror, fühlte sich fiebrig, tastete sich durch das dunkle Treppenhaus, schloss die Wohnungstür auf, tastete sich weiter durch den dunklen Gang, wusste nicht, welche Tür die richtige war, entschloss sich endlich, eine zu öffnen, und stand in seinem Zimmer.

Er wollte eine Lampe kaufen, morgen, als Erstes. Zähneklappernd zog er sich aus, fiel erschöpft ins Bett und schlief sofort ein.

Träumte Geräusche. Kurze, schnelle Kommandos, Hundegebell, gedämpftes Summen vieler Stimmen, das heftige Weinen einer Frau, ein lang gezogener Schrei, der aus einem einzigen Ton bestand und am Ende in Wimmern überging, das Anfahren von Trambahnen, ihr holperndes, verhallendes Rollen.

Er erwachte schwer, mit dem Gefühl, das Geträumte erlebt zu haben. Mejuffrouw van Lier brachte das Frühstück, auf silbernem Tablett mit weißem Spitzendeckchen, blickte ihn, über die Nickelbrille schielend, spöttisch an und fragte, ob er gut geschlafen habe.

»Danke. Sehr gut.«

»Das freut mich.«

Offener Hohn. Als sie gehen wollte, fragte er schnell: »Warum sind abends keine Menschen auf der Straße?«

»Es ist uns bis auf Weiteres verboten, nach acht Uhr auszugehen. Sie als Deutscher können es natürlich tun. Sie wissen ja ohnehin, was gespielt wird.«

Er wusste es nicht, hatte keine Ahnung, was sie meinte. Wer spielte mit wem? Was für ein Spiel sollten die Holländer nicht sehen? Dass man Deutsche in die Gracht warf?

Bevor er sie fragen konnte, war sie schon, mit für ihre Schwere erstaunlicher Behändigkeit, aus dem Zimmer.

Er redete sich ein, dass ihm ihre Unfreundlichkeit gleichgültig sei. Nach dem Frühstück fing er an zu schreiben. Arbeitete mit einer kurzen Unterbrechung, während der er in einem benachbarten Restaurant zu Mittag aß, den ganzen Tag. Schreiben war das Wichtigste, wichtiger als der Krieg, der ihm nie voll zu Bewusstsein kam. Auf die Frage, was Krieg sei, hätte er nichts anderes zu entgegnen gewusst als ungeheure graue Öde, in der das Leben in Unordnung gerät. Er aber brauchte ein geordnetes Leben, Leben und Schreiben waren identisch. Es kam auf den Ort nicht an, solange er allein sein konnte, nicht einmal der Südseeramsch störte. Das spöttische Lächeln der van Lier sank zur Lästigkeit einer summenden Fliege herab. Träume tauchten ins Nichts zurück, aus dem sie gekommen.

Spät hörte er auf. Da er keine Lust hatte, die menschenleeren Straßen noch einmal zu durchwandern, trat er ans Fenster, schöpfte tief Luft, ein starker Wind wehte, die Bäume rauschten, wieder spürte er das Meer, die Weite, und mit dem Vorsatz, so bald wie möglich an den Strand zu fahren, schloss er das Fenster. Die Vorhänge waren klamm. Ein schwieriges Klima, ermüdend; benommen, mit schweren Beinen legte er sich ins Bett, um, wie er es gewohnt war, noch zwei oder drei Stunden zu lesen. Ein Freund hatte ihm zum Abschied »Lotte in

Weimar« zugesteckt, getarnt mit dem Umschlag eines Bluncksschen Romans. Er las fasziniert, doch bereits nach wenigen Seiten legte er es mitten im Satz weg und konnte, schon hinüberdämmernd, noch gerade genug Energie aufbringen, um das Licht zu löschen.

Mitten in der Nacht fuhr er schreiend hoch. Da waren sie wieder, die Geräusche, die kurzen, schnellen Kommandos, das Hundegebell, das gedämpfte Summen der Stimmen. Nur kein Weinen, kein Schrei.

Er wollte zum Fenster, konnte nicht, blieb wie gelähmt liegen, das Pyjama klebte an seiner Haut. Die Trambahnen fuhren an, das Rollen verhallte, Schritte entfernten sich, dann war es still.

Er sah auf die Uhr, es war Viertel nach zwei; er versuchte, zu lesen, sich nach Weimar zu flüchten, in das ironisch Bewundernde, doch die Ironie ging unter im Rollen der Trambahnen, das Buch fiel zu Boden, im Halbschlaf blieb er liegen, bis die van Lier mit dem Frühstück kam und spöttisch fragte: »Haben Sie gut geschlafen?«

»Sehr gut«, sagte er eigensinnig und starrte auf ihren mächtigen Busen, der dafür gemacht schien, sich an ihm auszuweinen.

Es war Samstag, ein schöner, lockender Tag, er blieb zu Hause, ohne zu arbeiten, ohne sich anzuziehen, schlurfte im Pyjama durchs Zimmer, sah zum Fenster hinaus, las ein paar Seiten, rauchte, fing einen Brief an die Mutter an, zerriss ihn, weil er zu traurig klang, begann von Neuem und schrieb ihn zu Ende, in der ihr gegenüber oft geübten Kunst, mit vielen Sätzen wenig zu sagen; schlüpfte in seinen Morgenrock, um aufs Klosett zu gehen, und traf im Flur eine hübsche Person in einem geblümten Sommerkleid, ein kesses, gleichfalls mit Blumen verziertes Hütchen auf dem blonden Haar. Sie war ein ungemein bunter Klecks und nickte ihm, mit veilchenblauen Augen schmachtend, aufmunternd zu. Er nickte zurück, sie sagte »auf bald« und huschte in ein Zimmer. Von drinnen kamen Stimmen; sie lachte, ein Mann hustete, das musste der Kolonialbeamte sein.

Über dem Waschbecken hing ein kleiner Spiegel, er schaute hinein und fand, dass die Veilchenäugige nicht wählerisch sei. Strähniges blondes Haar, eingefallene unrasierte Wangen, Ringe unter den Augen und um den Mund tiefe Falten. Das Gesicht eines Kranken oder Betrunkenen.

Zurück ins Zimmer, das fremd war, unbehaglich, die beiden Masken lagen auch weiterhin im Korb, ein stummer Protest der van Lier.

Er legte sich aufs Sofa und wartete, wartete den ganzen Tag, mit klopfendem Herzen, zitternd vor Entsetzen und Lust, wie er als kleiner Junge an der Ecke auf den Tod gewartet hatte. Dazwischen nickte er ein, schlief aber nur oberflächlich, aus Angst, es zu versäumen.

Am Abend, in der Nacht war er hellwach, stand am Fenster, starrte hinaus auf die leere Straße, die dunklen Häuser, die Bäume, den schwarzen Himmel, aber es kam nichts, kein Laut war zu hören als das Rauschen des Windes, der unaufhörlich wehte. *Enormer Wind die Segel bläh, uraltes Wehn vom Meer.*

Es schlug fünf. Jetzt war es nicht mehr ausgeschlossen, dass Sabine herunterkam. Sie pflegte um diese Zeit einzukaufen. Nur zwischen drei und fünf hatten Juden einen Laden betreten dürfen. Nach dem Krieg sagte sie: »Ich schwöre beim Andenken meiner seligen Eltern, nie mehr in meinem Leben zwischen drei und fünf einzukaufen.« Sie war zäh genug, diesen Schwur zu halten.

Er wollte ihr nicht begegnen. Schaute auf die andere Straßenseite, wo früher ein kleines Hotel gewesen war. Das Schild hing noch da, er ging hinüber und klingelte.

Der Wirt, ein Schwuler in mittleren Jahren, führte ihn die steile Treppe hinauf und öffnete ein schäbiges Zimmer. »Das Bett ist breit genug, Sie können ...« – Kunstpause mit forschendem Blick – »eine kleine Freundin mitbringen.«

An der Tür drehte er sich noch einmal um. »Es wäre ganz reizend ...« Auf einen ungeduldigen Wink verschwand er sofort, und Andreas erfuhr nicht, was reizend gewesen wäre.

Das Zimmer ging nach vorne auf die Beethovenstraat. Dieselben Bäume, dieselben Häuser. Auch Trambahnen gab es. Überfüllt fuhren sie nach Süden, leer in die Stadt. Ihr Rollen ging in anderem Lärm unter. Er lauschte gierig.

Wie immer wehte der Wind. Er beugte sich weit hinaus, in der Hoffnung, das Meer zu spüren. Aber es roch nach Abgasen der Autos.

Hinter Sabines Fenster waren die Fotolampen eingeschaltet, sie arbeitete noch. Wendete, in der ehrlichen Überzeugung, Kunst zu produzieren, Fleiß und Mühe daran, das Durchschnittsgesicht eines Mijnheers oder einer Mevrouw mit tiefen Schatten und Spotlightglanz bedeutend zu machen.

Eine Etage tiefer sein eigenes Fenster. Es spiegelte das Haus gegenüber, spiegelte also auch wohl ihn selbst, ohne dass er sich erkennen konnte. Trotzdem machte ihm der Gedanke Spaß. In der Hoffnung, sich doch zu sehen, kreiste er mit den Armen und sprang in die Höhe. Drüben rührte sich nichts. Da verfiel er auf die Idee, seinen Rasierspiegel aus dem Koffer zu holen. Hielt ihn in die Sonne. Als er ihn hin und her schwenkte, sah er in seinem alten Fenster einen Lichtpunkt, der sich bewegte. Er schwenkte den Spiegel in einem bestimmten Rhythmus, das Licht auf der anderen Straßenseite schwenkte mit. Dann telegrafierte er in einer Art Morsealphabet immer dieselben Worte: Uraltes Wehn die Segel bläh.

Und lachte. Der Satz gefiel ihm.

Es war kein neuer Satz. Er hatte ihn vor sich hin gesungen, sonntags, am menschenleeren Strand.

Sammelte Muscheln, keine gewundenen, tönenden, die irgendwo an einem Ufer zu finden ihm seit jeher ebenso begehrenswert wie unmöglich erschienen war, denn es konnte nicht sein, dass solche Vollkommenheit existierte; und wirklich, hier gab es nur flache, graue, im besten Fall auch rosig schimmernde Schelpen. Zwei Stunden ging er über den harten Sand, hielt nach Schiffen Ausschau, entdeckte drei dicht hintereinanderfahrende, weit entfernt, kam müde vom Wind nach Hause und arbeitete.

Nach einer ruhigen, traumlosen Nacht meldete er sich am Montagmorgen auf der Kommandantur, ein Gang, vor dem er sich schon auf der Reise gefürchtet und den er so lange wie möglich hinausgeschoben hatte; aber es war alles in bester Ordnung. Auch bekam er nur einen gleichaltrigen, sehr liebenswürdigen Adjutanten zu sprechen, der im Lauf der Unterhaltung »wir Intellektuellen« sagte und durchblicken ließ, wie froh er war, auf diesem Posten zu sein.

Als er den Besuch hinter sich hatte, sah er sich die Stadt an, das gehörte zu seinen Pflichten, er sollte außer aktuellen Berichten in der Woche zwei bis drei Aufsätze liefern, deren Themen ihm überlassen waren, es musste nur aus ihnen hervorgehen, dass es sich bei den Holländern um ein Brudervolk handelte, das die Deutschen liebte und germanische Lebensgewohnheiten hatte. (Für Politik war er nicht zuständig, das besorgte ein Kollege im Haag.)

Amsterdam gefiel ihm, er hatte es nicht erwartet, man war im Süden schnell bei der Hand, dem Norden alle Schönheit abzusprechen. Der Grundriss war klar und intelligent; vom Hafen aus zogen sich die Grachten in immer größer werdenden konzentrischen Kreisen um die Innenstadt. Allerdings war dieser sinnvolle Plan um die Jahrhundertwende zerstört worden, als man die Stadt durch Bahnhof und Gleise vom Hafen trennte. Er hatte Mühe, ihn zu finden; als er ihn schließlich durch einen unter den Bahnlinien hindurchführenden Tunnel erreichte, war er enttäuscht, Krane ragten leer in die Luft, und außer den Fährbooten zum anderen Ufer gab es nur ein paar kleine Flusskähne im schmutzigen Wasser.

Er fuhr mit der Trambahn nach Hause, ertrug die feindlichen Blicke, als er sein Billett auf Deutsch verlangte (nahm sich aber vor, so schnell wie möglich Holländisch zu lernen), und hatte den ganzen Nachmittag zur Arbeit. Ging früh schlafen, noch immer nicht akklimatisiert, wieder todmüde, mit leichten Kopfschmerzen.

In tiefem Schlaf der Schlag aufs Herz – die Geräusche. Diesmal schrie er nicht, knipste das Licht an, sah auf die Uhr, es war Punkt zwei; er machte das Licht aus, lief zum Fenster und riss es auf. Unten standen vier Trambahnen mit je einem Anhänger, dahinter bewegte sich eine dunkle Masse, einige Hundert Menschen mussten es sein; fahle Gesichter im Schein der blauen Taschenlampen, die von Jungen mit weißen Armbinden gehalten wurden. An den Flanken standen ein paar Uniformierte (Soldaten,

Polizisten?) mit großen Schäferhunden an kurzen Leinen.

Halblaute scharfe Kommandos: »Schnell, schnell, schneller. Wagen eins, eins a, zwei, zwei a, drei.« Die Jungen mit den Armbinden schleppten Koffer, Rucksäcke, führten alte Leute. Ein Kind plärrte, eine Frau gab ihm einen Klaps und rief: »Sei nicht so ungezogen.«

Sie drängelten in die Wagen, in fürchterlicher Eile, Hühner, die gackernd zum Futternapf rennen, stießen sich gegenseitig mit Ellbogen fort, voll Angst, nicht mitzukommen, stolperten die Trittbretter hinauf, ein Mann fiel zu Boden, die anderen stiegen über ihn hinweg, konnten es nicht erwarten, drinnen zu sein, einen Sitzplatz zu ergattern, es sich bequem zu machen. Immer wieder schlugen die Hunde an, von ihren Führern durch einen leichten Schlag mit der Leine dazu angehalten.

Dann waren alle eingestiegen, in verblüffend kurzer Zeit, eine Taschenlampe wurde geschwenkt, die Trambahnen rollten fort; nur die Uniformierten und die Jungen mit den Armbinden waren zurückgeblieben, standen streng in zwei Gruppen geteilt und gingen schließlich grußlos in verschiedene Richtungen davon.

Die Straße war leer, der Wind wehte, nach langer Zeit fuhr ein Auto vorbei.

Er stand, die Hände am Fensterkreuz verkrampft, bis die feuchte Kühle einen Schüttelfrost auslöste, da ging er ins Zimmer zurück, setzte sich an das runde Tischchen, auf dem die Schreibmaschine noch offen stand, schob sie beiseite, legte den Kopf auf die Platte und sagte: »Es ist so weit. Ich bin verrückt geworden.«

Alte Gespensterfurcht; von beiden Seiten belastet, ein Bruder des Vaters verdämmerte im Irrenhaus, eine Schwester der Mutter hatte sich in klimakterischer Depression das Leben genommen. Die empfindsamen Künstlernerven, übersensibel schon als Kind, des Vaters Richtspruch: Untauglich fürs Leben.

Er lachte, weinte, wünschte sich einen Arzt und musste sich zwingen, nicht auf der Stelle, mitten in der Nacht, loszulaufen.

Trambahnen fuhren durch seinen Kopf, er schwebte in einem Ballon hoch über der Erde, einer riesigen bläulich fluoreszierenden Kugel, er saß am Tisch, vor ihm lag weißes Papier, er fing an, es mit Zeichen zu bedecken, die Mutter fragte, was er da mache, und er gab zur Antwort: Ich schreibe die Odyssee.

Von Zeit zu Zeit ein Blick auf die Uhr, er hatte sich vorgenommen, die Wohnung nicht vor acht zu verlassen; um halb acht war es jedoch mit jeder Beherrschung vorbei; ohne Gruß ließ er die van Lier stehen, die mit seinem Frühstückstablett aus der Küche kam. Sollte sie ihn für verrückt halten. Er war es.

Schon in der nächsten Straße fand er an einem Einfamilienhaus das Schild: Dr. Max Rosenbusch, zenuw arts. (Dass zenuwen Nerven sind, hatte er im Wörterbuch nachgeschlagen.)

Er klingelte, niemand kam. Hemmungslos hämmerte er mit den Fäusten gegen die Tür. Ohne dass er einen Schritt gehört hätte, wurde sie plötzlich aufgezogen. Auf der Schwelle stand eine Frau mit verzerrtem Gesicht.

Eine Irre, dachte er erschrocken, der Doktor betreibt ein Privatirrenhaus. Er wird mich dabehalten.

Schon hatte er eine halbe Wendung zur Flucht gemacht, als sie herauswürgte: »Was wollen Sie?«

»Den Doktor sprechen.«

»Warum?« So leise, dass er es nur ahnen konnte.

»Warum will man einen Doktor sprechen? Weil man ihn braucht.«

Sie brach in hysterisches Gelächter aus: »Sie sind ein Patient?«

»Was sonst?«

Wieder ganz leise: »Nicht von der Gestapo?«

Doch eine Irre. Verfolgungswahn.

»Sehe ich so aus?«, fragte er sanft.

»Nein. Aber wie kann man das wissen, wenn jemand so früh klingelt und mit den Fäusten gegen die Tür schlägt.«

Langsam ging ihm auf, wie ungehörig er sich benommen hatte.

»Soll ich später wiederkommen?«

»Nein. Sie sollen gar nicht wiederkommen. Mein Mann kann Sie nicht behandeln. Er ist Jude.«

»Und?«

»Er darf nicht.«

»Sie können mich nicht abweisen.«

»Ich muss«, sagte sie energisch und gar nicht mehr irre. »Bitte gehen Sie.«

»Würden Sie das auch sagen, wenn ein Verletzter zu Ihnen käme? Einer, der verblutet?«

»Ich weiß nicht. Wahrscheinlich. Außerdem bluten Sie nicht.«

»Nehmen Sie es ruhig an.«

»Auf ein paar Minuten wird es nicht ankommen. Hier in der Straße wohnt ein Kollege meines Mannes, Dr. van Lockeren-Campagne. Ein sehr guter Arzt.«

»Ich will zu niemandem, der Lockeren-Campagne heißt.«

»Seien Sie nicht kindisch.«

»Ich brauche einen Arzt, der Deutsch spricht.«

»Herr van Lockeren-Campagne spricht Deutsch. Alle holländischen Ärzte.« Sie zögerte. »Fast alle. Mit wenigen Ausnahmen, zu denen mein Mann gehört.«

»Aber Sie sind Deutsche. Und da soll der Doktor nicht Deutsch sprechen?«

Sie nickte. Dazu Erröten. Über der Lüge verwandelte sie sich in eine reizvolle Frau, die früher einmal schön gewesen sein musste.

»Dann tut es mir leid«, sagte er und wollte gehen.

In diesem Augenblick trat ein siebzehn- oder achtzehnjähriger Junge neben sie, blinzelte, weil ihn das Licht blendete, und blickte fragend von dem

Fremden zur Mutter. Sie lächelte ihm zu, »es ist schon in Ordnung«, worauf er höflich grüßend an ihnen vorbeiging.

Sie schauten ihm beide nach, lange; der irre Zustand bei Andreas begann von Neuem.

Dieser Junge, der wie ein Araberknabe aussah, von unvorstellbarer Schönheit, dessen schwermütige Tieraugen ihn ängstlich und hochmütig angeblickt hatten, den Feind, den man fürchtet und zugleich verachtet, dieser jüdische Junge, der, seine Mappe leicht schlenkernd, sich so geschmeidig von ihm fortbewegte, als ginge er im Urwald auf die Jagd und nicht, was doch wohl anzunehmen war, zur Schule, dieser Junge war er selbst. Sein Weggehen schmerzte, als würde er in zwei Stücke gerissen. Endlich aber funktionierte seine gute Erziehung wieder, und er sagte, einen Schlusspunkt hinter alles setzend: »Verzeihung.«

Ob er jetzt wirklich so schlecht aussah, dass die Doktorsfrau ärztliche Hilfe für angebracht hielt, oder ob ihr seine Betroffenheit über den Jungen nicht entgangen war, jedenfalls trat sie ein wenig zur Seite und flüsterte: »Vielleicht …«

Während er noch zögerte, rief eine Männerstimme von drinnen (auf Deutsch natürlich): »Was ist eigentlich da draußen los, Edith?«

»Ein Patient.«

»Warum kommt er nicht herein?«

Sie wandte den Kopf nach hinten. »Er ist kein Jude.«

»Wenn es ihn nicht stört, mich stört es bestimmt nicht.«

Da gab sie den Weg frei. Der Arzt stand in der Diele, mittelgroß, untersetzt, mit runden Schultern. Ein alter Jude. Ein Fürst aus dem Morgenland. Freundlich wies er mit kleiner rundlicher Hand (sehr saubere, gepflegte Nägel) den Besucher ins Ordinationszimmer. Hier gab es kein Weiß, keine Retorten und Instrumente, es war die Studierstube eines großen Herrn, sehr kultiviert, fast üppig, zwei Bücherwände bis zur Decke, in der Mitte ein wuchtiger Schreibtisch, etwas seitlich ein Sofa. Wie gut wäre es gewesen, sich ausstrecken zu können, doch wurde er auf einen Stuhl beordert. Um den Arzt zu sehen, der sich hinter den Schreibtisch setzte, musste er den Kopf wenden, wenn er geradeaus blickte, schaute er auf ein Bild, das er als einen Klee erkannte. Grünes Geäst, von gelben Vögeln bewohnt, die auf den Zweigen saßen, an ihnen hingen, auf dem Kopf standen und flogen, ohne die Flügel auszubreiten, über ihnen schwebte die orangene Mondsichel. Ein Anblick, der ihn wunderbar beruhigte und fast heiter stimmte.

Er konnte, durfte sprechen. Schilderte kurz sein Leben – wie wenig gab es da zu erzählen, wenn er sich auf das Äußere beschränkte, was er tat, um den Doktor nicht durch die Sturzflut seiner Bilder zu ertränken, erwähnte die Abstammung, Onkel und Tante, die Gespenster, und erging sich dann des Langen und Breiten über die Albträume der letzten Nacht.

Der Arzt hörte zu, halb hinter den Schreibtisch gerutscht, fragte nicht, unterbrach nicht, schrieb sich nichts auf; als die Erzählung zu Ende war, lachte er leise.

»Sie haben keine Halluzinationen, Sie sind nicht verrückt. Eher ein Pechvogel, dass man Sie gerade in diesem Zimmer untergebracht hat und dass Sie ausgerechnet zu einem Juden um Hilfe kommen. Zwar würde Ihnen jeder meiner christlichen Kollegen dieselbe Geschichte erzählen, aber ich fürchte, dass sie von mir erzählt doch anders klingt. Also hören Sie zu. Jede Nacht mit Ausnahme des Samstags und Sonntags – auch der Teufel will sein freies Wochenende – werden vierhundert Juden, Männer, Frauen, Kinder, aus ihren Wohnungen geholt, in Trambahnen verladen, zum Bahnhof gebracht und von dort in ein holländisches Durchgangslager. Nach dem Alphabet, nach Straßen, Berufen, Vereinszugehörigkeiten, das wechselt, man ist erfinderisch, hat auch keine Eile, denn wenn man erst einmal hier fertig ist und die hunderttausend Juden Hollands abtransportiert sind, droht die Front. Es gibt auch Freistellungen, die kommen dadurch zustande, dass man vierhundertzwanzig oder vierhundertdreißig holt und zwanzig oder dreißig wieder laufen lässt. Denn vierhundert müssen es sein, keiner mehr und keiner weniger, man hält auf Ordnung und kann es sich leisten, bei diesem Katz-und-Maus-Spiel großzügig zu verfahren, die heute nach Hause Entlassenen sind morgen schon wieder da, am Ende siegt immer die Katze. Alle Deportierten, auch Kinder und Greise, bekommen einen Zettel, auf dem steht, dass sie sich zum Arbeitseinsatz nach Deutschland zu begeben haben und Rucksack oder Koffer sowie zwei Wolldecken mitnehmen dürfen. Die Wohnungsschlüssel sind abzugeben, die Möbel werden nach wenigen Tagen von einer Institution, die sich Hausratserfassungsstelle nennt, herausgeholt und als Spende des holländischen Volkes nach Deutschland geschickt. Vom Durchgangslager aus geht jede Woche ein Transport mit tausend Menschen nach Osten. Osten, dabei kann man sich alles denken, Hannover ist Osten, Berlin, Breslau oder Polen. Osten, das ist ein Begriff, der nichts besagt, oder vielmehr besagt er das Nichts, Endstation Tod. Seit sieben Wochen wird deportiert, man kann sich ausrechnen, wie lange es dauert: knappe zwei Jahre.«

Der Doktor hatte ohne Kraftaufwand gesprochen, ruhig, als verläse er einen Krankenbericht; als er fertig war, wurden seine runden Schultern noch runder, er sackte noch mehr zusammen.

Es wurde Andreas schwarz vor den Augen. Nicht schwarz genug, um in eine Ohnmacht zu fallen, die ihn jeder Äußerung enthoben hätte, es reichte nur zu einer kurzen Atempause. Das Zimmer war voll Nebel. Nebel, der sich auf die Bronchien schlug, den Atem nahm. Er schüttelte den Kopf. Hustete. War nahe daran, dem Arzt zu sagen, dass er ihm nicht glaube, und wusste doch, dass er ihm glauben musste.

Versuchte noch einmal auszuweichen, indem er sich vorstellte, dass auch diese Geschichte ein Teil seiner Verrücktheit sei. Am Ende aber blieb ihm nichts übrig, als die Realität anzuerkennen. »Man müsste etwas tun«, sagte er.

»Es ist zu spät. Die nach Amerika sind, haben es richtig gemacht. Wir anderen waren zu bequem. Unsere Todesurteile sind gesprochen und werden in letzter Stunde nicht mehr revidiert. Des Königs reitender Bote bleibt aus. Widerstand ist hoffnungslos. Auch müssten wir, um wenigstens den Versuch zu wagen, einig sein. Wir sind es nicht. Kaum einer ist bereit, sich selbst zu opfern, jeder denkt nur daran, die eigene Haut zu retten.«

»Nicht Sie, wir müssten etwas tun.«

»Lassen Sie Ihre Finger von fremdem Schicksal. Versuchen Sie, nichts zu sehen. Nehmen Sie sich schleunigst ein anderes Zimmer. Das ist der einzige Rat, den ich Ihnen geben kann.«

Aus dem Nebel tauchte der fürstliche Kopf.

Da sagte Andreas: »Warum sitzen Sie noch hier, warum verbergen Sie sich nicht?«

»Weil ich andere Menschen nicht in Gefahr bringen will.«

»Das ist Hochmut.«

»Nennen Sie es, wie Sie wollen. Meine Frau und ich haben ein schönes Leben gehabt. Es ist nicht übermäßig schwer, fortzugehen. Nur unser Junge ...« Verstummen. Die Stille riss den Nebel auf.

»Schicken Sie den Jungen zu mir.«

Ein Lächeln als Dank. »Wie Sie sich das vorstellen. Sie wohnen bei fremden Leuten. Wissen gar nicht, wie lange Sie hierbleiben. Auch würde es der Junge gar nicht tun.«

»Warum nicht?« Von dem Gedanken besessen.

»Er würde seine Rettung keinem Deutschen verdanken wollen. Das ist ungerecht, ich weiß. Aber man hat als Siebzehnjähriger, der zum Tode verurteilt ist, das Recht, ungerecht zu sein.«

Der Nebel brach wieder ein. Gelber, giftiger Smog.

»Sie können mich nicht so wegschicken.«

Der Arzt dachte nach. »Wenn Sie mir einen Gefallen erweisen wollen, wüsste ich etwas.«

Heftiges Kopfnicken.

»Es ist nicht ungefährlich. Aus jüdischen Wohnungen darf nichts entfernt werden. Falls Ihnen das Risiko nicht zu groß ist, nehmen Sie dies Bild mit, ich hänge daran, wir alle, es ist kein schöner Gedanke, dass es irgendwo in einer Rumpelkammer als entartete Kunst verschimmeln soll. Aber mir bedeutet es noch mehr. Wir können in unserer Zeit andere Menschen mit Worten nicht mehr erreichen. Alles, was gesagt werden kann, ist längst gesagt. Das einzige Mittel der Kommunikation, das uns geblieben ist, ist das Zeichen. Das Bild ist ein Zeichen. Der Freude, der Heiterkeit, der Beruhigung. Es hängt so, dass meine Patienten es sehen konnten. Vielen hat es geholfen. Jetzt habe ich keine Patienten mehr. Bewahren Sie es über den Krieg. Sollten wir überleben, geben Sie es zurück. Wenn nicht, gehört es Ihnen.«

Mit kurzen, eiligen Schritten ging er zur Wand und nahm das Bild vom Haken.

»Ich bin Ihnen sehr dankbar. Vielleicht kann ich Daniel jetzt überzeugen, dass es auch Deutsche gibt, die bereit sind, uns zu helfen.«

Gleichzeitig mit dem Bild empfing Andreas den Namen.

Der Doktor kramte Packpapier aus dem Schreibtisch. Gemeinsam wickelten sie das Bild ein.

»Schreiben Sie wenigstens meine Adresse auf«, bat Andreas.

»Auch das kann schon gefährlich für Sie sein.«

Als er mit einer ungeduldigen Bewegung reagierte, kritzelte der Doktor die Adresse auf einen Zettel. Steckte ihn in die Brieftasche.

»Danke«, sagte Andreas und zögerte. Er dachte daran, dass er bei seinem Bericht nichts von der Begegnung mit Daniel erwähnt hatte. Sollte er sich wieder setzen und sagen: Ihr Sohn und ich sind ein und derselbe Mensch? Ein schweres Symptom. Vielleicht würde der Doktor ihn dann doch behandeln und ihm das Symptom nehmen. Aber er war nicht gewillt, es herzugeben. »Danke«, sagte er noch einmal, klemmte das Paket unter den Arm und ging.

Trat auf die Straße und blinzelte, ebenso vom Licht geblendet wie Daniel.

Vor ihm baute sich ein langer Kerl auf, im schäbigen Regenmantel – warum Mantel bei dieser Sonne? – mit einem Galgengesicht.

Bellte eine holländische Frage. Andreas zuckte die Schultern.

Sagt man Kannitverstan? Das einzige in der Schule gelernte holländische Wort. Zweifel, ob es wirklich holländisch ist. Dann trotzdem: »Kannitverstan.«

Es hatte die gewünschte Wirkung. Der Kerl sprach deutsch (schlecht).

»Was schleppen Sie von dem Juden weg?«

»Nichts.«

Die dümmste aller möglichen Antworten.

»So, das ist nichts. Interessant. Kommen Sie mit.« Schweigend trotteten sie nebeneinanderher, durch die nicht sehr belebte Beethovenstraat; dem Galgengesicht eilte es nicht, er schien das Glück, einen Gefangenen zu haben, auskosten zu wollen. Das Bild drückte.

Leichte Benommenheit, aber nicht unangenehm, eher ein gutes Gefühl: jetzt haben sie mich, ich kann etwas für die Rosenbuschs tun, es ist in Ordnung.

Worin das Tun bestehen sollte, wusste er nicht, stellte sich auch nichts wirklich Gefährliches vor; das Abenteuer machte ihn eher neugierig, als dass es ihn ängstigte.

Erstaunlich, wie viele Menschen Regenmäntel anhaben, keine Wolke am Himmel, nur der Wind weht; aber es ist tatsächlich kühl, wahrscheinlich darf man hier nie ohne Mantel ausgehen, sie kennen ihr Klima. Besser als zu heiß: Schwitzen wäre unangenehm, der Kerl könnte es für Angst halten.

Sie gingen durch eine volle Vorstadtstraße, schoben sich im Strom der Menschen mit. Als sie ins Gedränge kamen, fasste das Galgengesicht ihn am Arm. »Lassen Sie das, ich laufe Ihnen nicht weg.« Zu seinem Erstaunen wurde er losgelassen. Es konnte nicht schwer sein, im Gewühl zu verschwinden. Doch war der Kerl sicher bewaffnet und würde auch schießen, selbst auf die Gefahr hin, einen anderen zu treffen. Also dableiben. Weiter mitgehen.

Frauen mit Einkaufstaschen, junge Burschen auf Rädern, alte Männer, sich in den Hüften wiegend wie Matrosen. Die schöne Haut der Mädchen. An einer Ecke ein Liebespaar, sie berühren sich kaum, nur ihre Hand liegt auf seinem Ärmel, unendliche Zärtlichkeit. Neid. Muss ein Mädchen kennenlernen. Aber wahrscheinlich gehen nur die Schlampen mit einem Deutschen. Man ist aussätzig. Welch Missgeschick, dort geboren zu sein. Boche. Hier heißt es Mof. Das lernt man schon am ersten Tag. Es zischt hinter einem her. Aus selbstbewussten Mündern. Sie unterschätzen sich nicht, haben wenig Hemmungen. Das macht sie schön, obwohl sie nicht schön sind. Hässlicher als bei uns, aber freier. Haben eine glücklichere Geschichte. Freiheitskämpfer aus Tradition. Man müsste den Abfall der Niederlande wieder einmal lesen. Und Egmont.

Viele Menschen mit gelbem Stern. Eine Frau, die ängstlich die Tasche davordrückt, sodass nur die Spitzen herauslugen. Die meisten aber tragen ihn offen zur Schau, gestützt von der Sympathie der

Menschen, die ihnen Platz machen, als stünde ihnen das Privileg zu, überall ungehindert hindurchzugehen.

Hässliche Läden mit vollgestopften Auslagen. Kriegsware. Wird aber im Frieden nicht viel anders sein. In Deutschland dekoriert man noch den Ersatz. Immer wieder Geschäfte mit billigen Süßigkeiten. Müssen sich ja die Zähne verderben. Das Galgengesicht hat ein Gebiss. Die van Lier auch. Kein Wunder. Nach dem Zuckerwerk scheinen Lampen der begehrteste Artikel zu sein. Kleinbürgerliche Behaglichkeit, rosa, gelbe, orangene Seidenschirme. Möbel, geschweift, geschnitzt, metallbeschlagen, die Sessel mit einem schmutzigen Rot bezogen, schwere, dunkle Tapeten, auf denen Vögel fliegen (keine gelben), Blüten sich ranken, Brokatmuster eine falsche Pracht vortäuschen. Aus den Drogerien riecht es bis auf die Straße nach schlechtem Parfüm. Ein Mann neben einer großen, bunt bemalten Drehorgel, die O du lieber Augustin spielt. Ein anderer mit einer messingnen Geldbüchse. Er hätte ihm gern etwas gegeben, fürchtete aber, dass das Galgengesicht ihn dann wieder anfassen würde.

Es war höchste Zeit, sich zu überlegen, was er über das Bild erzählen wollte. Aber sosehr er sich auch zu konzentrieren suchte, es fiel ihm nichts ein. Er merkte, wie seine Stirn trotz der Kühle feucht wurde. Erst jetzt begann er die Gefahr zu ahnen, und dass er nichts für die Rosenbuschs tun, sondern ihnen nur schaden konnte. Es musste ihm nicht nur etwas einfallen, es musste ihm etwas einfallen, das man ihm glaubte. Examen auf Leben und Tod. Die Examinatoren Unbekannte; waren sie primitiv wie sein Begleiter, Soldaten, Folterknechte oder Beamte, erfahrene Untersuchungsrichter, mit allen nur möglichen Tricks vertraut? Ein Königreich für eine Story! Geschichten fallen nicht vom Himmel, brauchen Zeit, um zu reifen. Er hatte keine Zeit. Sie waren schon nahe der Innenstadt, er wusste nicht, wohin er geführt wurde, aber sie konnten jeden Augenblick da sein. Dann musste er sprechen. Lügen. Wann hatte er je gelogen? Als er dem Stabsarzt von seinem kranken Herzen erzählte. Doch das war ein auswendig gelernter, von einem Mediziner vorgesagter Text. Als er zu Mamas Behauptung, er ginge ins Museum, um gotische Madonnen zu betrachten, genickt hatte. Doch das war ihre Behauptung gewesen und nicht seine. Und oft, wenn er die von den Mädchen gestellte Frage: Liebst du mich? bejaht hatte; aber das war die Frage der Mädchen gewesen, nicht seine. An mehr konnte er sich nicht erinnern. Nie hatte es ihn interessiert, zu lügen, und es war ihm nicht in den Sinn gekommen, dass man die Kunst der Lüge beherrschen muss, um tauglich fürs Leben zu sein.

Er erhielt einen Stoß in die Flanke: »Hier hinein.« Sie betraten ein verstaubtes Wachlokal. Hinter einer Barriere saß ein SS-Mann mit eingeschlagener Boxernase. Der Auswurf steht hier in unseren Diensten. An der Wand hing ein Hitlerbild.

Das Galgengesicht redete holländisch auf den anderen ein, der ein paarmal nickte.

»Ich bin Deutscher.«

»Still!«, brüllte der Boxer.

Das Galgengesicht riss ihm das Paket unter dem Arm weg. Ihre Köpfe ruckten lauernd nach vorn; als das Bild herauskam, brach der Boxer in wieherndes Lachen aus, in das Galgengesicht nach einer Schrecksekunde einstimmte.

Das Gelächter weckte die Angst. Volles Begreifen, wie ausgeliefert er war. Sie konnten alles mit ihm machen (und jetzt bedeutete »alles« anderes als bisher). Ihn prügeln, foltern, in ein KZ schicken. Der Auswurf kennt nur den Hass. Ist blind für das Zeichen.

Der Boxer riss das Bild aus dem Rahmen. Fetzte es mit klobigen Händen heraus. Dann fing er wieder an zu brüllen: »Was soll das Geschmier?«

Andreas biss sich auf die Lippen. Es dröhnte in seinen Ohren.

»Gib Antwort, wenn du gefragt wirst!«

Das Brüllen half ihm. Es blieb keine Zeit, zu überlegen, ob die von seiner verängstigten Fantasie produzierte Geschichte auch nur die geringste Chance hatte, geglaubt zu werden. Deutlich und langsam, als rede er zu Kindern, die noch kaum sprechen können, erzählte er, dass das Bild, »es ist nicht sehr schön, das muss ich zugeben«, von seinem jüngeren Bruder gemalt worden sei.

»Er ist mit dem Judenjungen zur Schule gegangen und hatte es ihm leihweise überlassen. Als ich nach Amsterdam ging, bat er mich, es zurückzuholen. Das habe ich heute getan.«

Konnten sie nicht lesen? Das Bild war signiert. Wie einfach musste die Feststellung sein, dass er keinen Bruder hatte, der Klee hieß. Sein Augenlid zuckte. Er durfte nicht zittern. Und wirklich, er zitterte nicht.

Trägheit war die Lücke, durch die man schlüpfen konnte. Sie fragten ihn nicht nach seinem Namen.

»Typisch, dass so ein Dreck dem Judenjungen gefällt«, sagte der Boxer. »Vögel, die auf dem Kopf stehen. Und die Apfelsinenscheibe als Mond. Nehmen Sie es mit. Aber schnell. Ich will es nicht mehr sehen. Heil Hitler.«

»Heil Hitler«, sagte Andreas mit ausgestrecktem Arm. Er hatte es neun Jahre lang in Deutschland fertiggebracht, nicht Heil Hitler zu sagen.

Dann rollte er das Bild zusammen, nahm es in die eine Hand, den zersplitterten Rahmen in die andere und schaute sich nicht mehr um. Zu Hause warf er den Rahmen fort, das Bild heftete er mit Reißnägeln an die Wand seines Zimmers.

Ein großer Riss ging mitten hindurch. Die gelben Vögel waren geköpft und schwanzlos. Das Zeichen der Freude hatte sich verwandelt, war zu dem geworden, was es von da an blieb: das Zeichen der Zerstörung.

Mit dem Frühstück kam die Zeitung. Die Zahl der Verkehrstoten hatte um zehn Prozent zugenommen, in Neuseeland (sehr weit weg) war ein Säugling von Ratten angefressen worden, in Kuba (gleichfalls weit weg, wenn auch schon näher) hatte man sieben Menschen zum Tode verurteilt und drei Stunden später erschossen, in Westdeutschland einen wegen vierzigtausendfachen Mordes angeklagten ehemaligen SS-Obersturmbannführer aus Mangel an Beweisen freigesprochen, ein Passagierflugzeug mit sechsundsiebzig Menschen an Bord wurde über Pakistan vermisst, der holländische Außenminister war nach Kanada geflogen, der Präsident vom Kongo in die Vereinigten Staaten, der amerikanische Verteidigungsminister nach England, der australische Premier nach Japan, die Kirchen riefen zu einem Hilfswerk für Entwicklungsländer auf: Hunderttausend Menschen verhungern jeden Tag.

Er kaute am Marmeladenbrot. Niederträchtiges Mitleid. Hunderttausend verhungern jeden Tag. Es nützt nichts, wenn er das Brot liegen lässt. Sie verhungern weiter. Gestern und heute und morgen und übermorgen. Hunderttausend – ganz genau so viele wie die ermordeten Juden Hollands. Dreihundertfünfundsechzigmal im Jahr, auch samstags und sonntags. Zu viele, um sie sich vorzustellen. Vierhundert, das geht, dabei kann man sich etwas denken, vierhundert kann man mit einem Blick umfassen, wenn sie im Schein der blauen Taschenlampen in die Trambahnen drängen. Hunderttausend ist ein Wort der Mathematik, der Börse, der Statistiken, hunderttausend Tote sind ein Abstraktum, vierhundert sind Menschen.

Vierhundert zogen, ein schwarzer Schatten, über das Papier, wenn er schreiben wollte, und zerbrachen die Form.

In fünfzehn Jahren wird sich die Bevölkerung der Erde verdoppelt haben. Verhungern dann täglich zweihunderttausend? Was kommt es da auf die ermordeten Juden an?

Es kommt auf sie an. Er glaubte es noch immer. Glaubte noch immer an die Notwendigkeit, Zeugnis von ihrem Schicksal abzulegen.

Er stand auf, wusch sich, kleidete sich an, langsam, feige, noch ein Strich mit der Bürste, noch einmal mit dem Rasierwasser das Gesicht befeuchtet, ein Schuhband frisch geknotet – als es absolut nichts mehr zu richten gab, holte er ein schwarzes Heft aus dem Koffer und setzte sich an den Tisch, der wie alle Hotelzimmertische zu niedrig, zu klein und obendrein wacklig war. Schraubte die Kappe vom Füllfederhalter und begann in der Luft über dem Papier zu zeichnen. Das verteufelte weiße Papier. Erbitterter Kampf, ihm die Weiße zu nehmen, die vorgetäuschte Unschuld, hinter der die Forderung lauerte, in Besitz genommen zu werden. Er schob das Ende des Federhalters in den Mund, spielte mit der Zunge daran herum (gleiche Bewegung wie beim Kuss) und biss sich fest. Dann bohrte er sich die Feder in den Finger, bis Blut kam. Er wischte es übers Papier, riss das Blatt aus dem Heft, zerknüllte es und warf es in den Papierkorb. Es gab auch Zeiten, in denen er die Feder über das Papier gleiten ließ. Spiralen entstanden, Schwünge, Linien, die nicht enden konnten, die sich selbst in den Schwanz bissen und verloren durch das Labyrinth irrten, das sie eben erst selber errichtet hatten. Manchmal wurden Gesichter daraus, Fratzen mit vorgestülpten Lippen, höckerigen Nasen, über den Stirnen türmten sich Frisuren, schwebten riesige Federhüte; große Köpfe saßen halslos auf winzigen Leibern. Sobald eine Seite voll war, flog sie in den Papierkorb. So brauchte er die Hefte auf. Er fand immer neue vor, Susanne bestellte sie telefonisch im besten Geschäft der Stadt.

Er schrieb auch Worte auf. Doch zu weitmaschig waren die Netze, um die richtigen einzufangen; er versuchte es mit der Angel, fischte manchmal ein gewichtiges Wort heraus, ein schönes, pralles, schillerndes, und ließ es enttäuscht zurückgleiten ins große Meer. Denn was ist schon ein einzelnes Wort, beziehungslos, spannungslos wie eine einzelne Säule, und eine einzelne Säule ist nicht einmal eine Ruine, ist gar nichts.

Zuweilen gelangen ganze Sätze, Anfänge von Gedichten, Novellen, Romanen. Sobald er absetzte und das Niedergeschriebene vor sich sah in seiner kleinen, nervösen, schnell vorwärtsstrebenden Schrift, ekelte es ihn an. Er riss die Seiten heraus. Die Papierkörbe quollen über. Susanne telefonierte um neues Material.

Sie schenkte ihm zu Weihnachten einen Füllfederhalter. In Goldpapier verpackt, mit roter Seidenschleife. Das Beste aller besten Folterinstrumente. Achtzehnkarätig. Im Prospekt stand, dass man ein Exemplar dieser Ausführung von einem Kirchturm hatte fallen lassen, ohne dass es kaputtgegangen war. Er hatte das seine innerhalb dreier Tage in Stücke gebissen. Ein livrierter Bote brachte ein neues.

Er versuchte es mit der Schreibmaschine. In der Hoffnung, dass die zwischengeschaltete Technik ein befreiendes Medium sei. Vergebens. Die Bogen füllten sich mit übereinandergetippten Zeichen, ein Wort fraß das andere auf, Buchstaben und Satzzeichen schwankten über die Fläche.

Aus den zufällig entdeckten Möglichkeiten wurden systematische Untersuchungen. Mutation der Vokale, Verschiebung der Laute, exakte Berechnung, nach wie viel Variationen die Ausgangsstellung wieder erreicht sein würde.

Und immer wieder die Kapitulation: der Griff nach den Büchern, die auf dem Schreibtisch lagen. Hastiges Blättern, kurzes Lesen, manchmal fasziniertes Verweilen; der Wunsch, zu erfahren, wie die andern es machten.

Sie hatten viele Mittel, sich auszudrücken. Es wurde gemutmaßt und lyrisch verschlüsselt, sachlich Bericht erstattet und barock ausgeschmückt, Identitäten infrage gestellt, Zeit und Raum aufgehoben, gerafft, zerdehnt, das Grauen durch das Absurde dargestellt. Sie weinten nicht mehr über kopf- und schwanzlose Vögel, sondern hatten ein Prinzip daraus gemacht. So soll es sein. Abbild unserer Welt. Die Stunde Null ist unsere Sternstunde.

Zu viele Formen boten sich an. Hatte er sich zu einer entschlossen, fand er am nächsten Tag eine andere, die ihm besser gefiel, und keine passte.

Seinen Stil konnte er nicht wechseln. Der gehörte zu ihm wie ein Teil seines Körpers. Auch sein Stil passte nicht.

Er hatte den bis ins Extreme gesteigerten Ehrgeiz, wahr zu sein, ein Fanatiker der Präzision. Doch erkannte er keine Wahrheit an, die nicht mit vierhundert in Trambahnen abtransportierten Menschen begann. Über ein anderes Thema zu schreiben war unmöglich. Für dieses aber gab es kein Wort, kein Zeichen, kein Gleichnis, das deckte.

Sein Gedächtnis ließ ihn im Stich. Er erinnerte sich an Unwesentliches, das Wichtige war fort. Sabines Geplapper wusste er Wort für Wort, Daniels

Stimme war verhallt. Ein unzuverlässiger Zeuge. Man vereidige ihn nicht.

Nicht einmal die Geschichte Sebastian L.s weiß er mehr genau und hat doch Jahre seines Lebens damit zugebracht, sie zu erzählen. Er kratzte an dem Schutt herum, der über ihr lag. Nicht viel kam zutage.

Wie sah Sebastian L. aus? (Unwichtig. Vielleicht immer unwichtig gewesen.) Was für Frauen liebte er? Eine nannte er Cherubin. (Und ihr richtiger Name?)

Maler abstrakter Bilder. (Waren sie wirklich abstrakt? Nicht expressionistisch? War Beckmann zu jener Zeit nicht eher Vorbild als Kandinsky?) Gleichviel, ob abstrakt oder expressionistisch, er war ein guter Maler. Eine Hoffnung. Wie er selbst. Hat er sein Schicksal in dem Sebastian L.s vorausgenommen? Er ist kein Fälscher.

Auch Sebastian L. wollte nicht fälschen. Erst als es ihm in Deutschland nicht mehr möglich war, in seinem Stil weiterzumalen, beschäftigte er sich mit den alten Meistern und stellte, gleichsam zur Übung, das Bild einer saskiaähnlichen Dame her. Warum aber verkaufte er es dann?

Er zeigte es einem Experten (oder einem Museumsdirektor), der es für echt hielt und ihm eine so hohe Summe dafür bot, dass er nicht widerstehen konnte. Reichtum löst Habgier aus, Sebastian L. hatte Geld und wollte mehr. Neues entstand. Vermutlich ein van Dyck, ein Goya, ein Vermeer. Nie zwei vom selben Maler. Nie zwei in derselben Stadt. Zwischen jedem Bild eine lange Pause. Reisen, Abenteuer, Affären. Das große Leben.

Als er eines Tages versuchte, wieder ein eigenes Bild zu malen, konnte er es nicht mehr. Seine Persönlichkeit war hin, sein Talent beim Teufel. Ziemlich sicher ist, dass um diese Zeit auch die ersten Zweifel an der Echtheit der Bilder auftauchten.

Wie sollte es weitergehen? Wurde der Maler verhaftet? Verurteilt? Wie war das Ende geplant? Ende ist immer nur der Tod, doch bestand wohl die Absicht, Sebastian L. am Leben zu lassen. Zwielichtig also, ohne Entscheidung. Leben, aber kein glückliches, verdämmernd im Ungewissen.

Warum denkt er über einen Schatten nach, der ihm nicht weiterhilft? Der ihm nichts anderes zeigt, als dass es so nicht mehr geht? Die Zeit des Geschichtenerzählens ist für ihn vorbei, er hat Anklage zu erheben gegen die Menschen. Die Mörder.

Er begann zu schreiben. Einen neuen Anfang. Hier, wo es geschehen war, musste es gelingen. Nur schildern, nicht kommentieren. Geräusche einfangen. Den Schrei einer Frau. Ein Kommando. Ein Kinderweinen. Hundegebell. Das Rollen der Trambahnen.

Die verkrampfte Hand schmerzte. Er schrieb weiter. Von vierhundert Menschen, die sich in Trambahnen drängten, sich gegenseitig wegstießen, um schnell hineinzugelangen. Anstelle der Gesichter bläuliche Masken und über den Herzen leuchtende

Sterne. Mitten unter ihnen stand er, der nicht dazugehörte, mit seinem Alltagsgesicht und der unbesternten Jacke. Sich vorwärtsschiebend, drückten sie ihn zu Boden und trampelten über ihn weg. Er bekam keine Luft mehr. Der Faden riss. Mit einem Fluch knüllte er die Seite zusammen und warf sie in den Papierkorb.

Sie mussten ihm glauben, dass er vor der ersten Trambahnnacht nichts gewusst hatte. Es würde schwer sein, sie zu überzeugen. Neun Jahre Drittes Reich und nichts bemerkt?

Selbstverständlich hatte er etwas bemerkt. Nur nicht das Richtige, nicht die Wahrheit.

Vielleicht wollte er sie gar nicht wissen?

Man soll ihn mit Freud in Ruhe lassen. Da möchte er doch lieber verurteilt werden, als sich so fadenscheinig herauszureden. Wo hätte er die Wahrheit hernehmen können.

Hatte er Namen wie Oranienburg, Sachsenhausen, Dachau, Buchenwald nie gehört?

Wurden eingestuft gleich Tb, Krebs, Syphilis, Erblinden, Ertauben, Autounfällen und Flugzeugabstürzen, etwas, von dem man weiß und vor dem man sich fürchtet, an das man aber doch nur selten denkt, und wenn, mit der festen Überzeugung, es werde einem selbst nicht zustoßen.

Kannte er niemand, der im KZ war?

Einige flüchtig. Einen Gärtnergehilfen, der manchmal die Hecken schnitt. Einen Angestellten des Intourist, zwei- oder dreimal bei gemeinsamen Freunden getroffen. Einen jungen jüdischen Anwalt, mit dem er in einer Faschingsnacht Sekt getrunken hatte. Näher nur einen: den alten jüdischen Sanitätsrat, Hausarzt der Eltern.

Hatte er sie wiedergesehen?

Der Gärtnergehilfe schnitt weiter die Hecken. Auf die Frage, wie es ihm ginge und überhaupt, ob es schlimm gewesen sei, man würde doch gern einmal Genaueres erfahren, sagte er: »Es geht mir gut.« Klapperte dabei mit der Schere und schaute interessiert die Zweige an. Das Gespräch war beendet.

Über den Intouristmann war nichts zu erfahren. Es blieb bei Vermutungen. Er konnte, aus Dachau entlassen, in eine andere Stadt verzogen sein. Oder nach Russland gefahren. Oder – aber das war schwer zu glauben und wohl kaum möglich – er befand sich noch immer im Lager. Wurde dort festgehalten, ohne Verhaftungsbefehl, ohne richterliches Urteil, nur weil er Angestellter eines russischen Reisebüros war. Diesen Gedanken schob man weit von sich. Man hielt an der Illusion fest, in einem Rechtsstaat zu leben.

Der jüdische Anwalt war in Dachau gestorben. Seine Eltern bekamen den zugelöteten Sarg, dazu verbrieft die Todesursache: Herzschlag. Sie behaupteten, ihr Sohn habe nie etwas am Herzen gespürt. Woran war er also gestorben? Der Verdacht, dass der Tote, als rücksichtsloser Verführer bekannt, von dem SS-Freund eines Mädchens umgebracht worden war, lag nahe. Persönliche Rache, sagte man und dachte nicht weiter darüber nach.

Der Sanitätsrat kam zwei Tage nach seiner Entlassung, um sich zu verabschieden. Er habe sich verpflichten müssen (hier korrigierte er sich: Er habe sich verpflichtet), innerhalb einer Woche auszuwandern. Er sah krank aus, gealtert. »Meine Galle, Sie wissen, die hat mir schon immer zu schaffen gemacht.« Das klang ganz plausibel. Viele Juden hatten es an der Galle, sie aßen zu viel und zu gut.

Als man wieder allein war, vergoss die Mutter ein paar Tränen. »Ich weiß nicht, was ich täte, wenn ich von meinem Haus und allem wegmüsste. Aber wahrscheinlich hängen sie doch nicht so an der Heimat wie wir. Keine Macht der Welt brächte mich dazu, freiwillig fortzugehen. Das Schlimmste an der Sache ist, dass wir uns einen neuen Hausarzt suchen müssen.«

Hielt er das auch für das »Schlimmste an der Sache«? Natürlich nicht. Unterschätzt man seine Fantasie? Es war ihm klar, was ein Emigrantendasein bedeutete. Verlassen durch fremde Städte zu streifen. In schmuddeligen Pensionen zu wohnen. Von Komitee zu Komitee zu laufen. Keine Tasse Kaffee trinken zu können, weil man das Geld nicht hatte, oder wenn man es hatte, sie sich nicht zu gönnen, um Devisen zu sparen. Glühbirnen zu verkaufen, wenn man Anwalt gewesen war, Examen abzulegen, wenn man eine Professur gehabt hatte. Am Radio zu sitzen, tagelang, nächtelang, auf die Nachricht zu warten, die niemals kam. Mit Orangen nach dem Telefon zu werfen, weil niemand anrief. Auf Fremdenpolizeien vor Angst zu zittern, ob man bleiben durfte. In Konsulaten um ein Visum zu betteln. Im Krankenhaus zu liegen, in großen Sälen und in einer fremden Sprache zu sterben. Abhängig, erniedrigt, rechtlos. Und dies alles als Freiheit zu preisen und dankbar dafür zu sein.

Und über Deutschland wusste er nichts? Hatte er *Mein Kampf* nicht gelesen? Den völkischen Beobachter? Den Stürmer?

Wer las schon dieses Zeug. Er hatte Wichtigeres zu tun.

Oder hingehört, wenn sie aufmarschierten mit *Tschin-Bum* und *Die Fahne hoch* und *Heil Hitler* und *morgen gehört uns die Welt* und *Das Judenblut vom Messer spritzt*?

Man war überzeugt, dass ihnen die Welt nicht gehören würde, also glaubte man auch nicht ans Judenblut. Oder hingesehen? Auf Judenkristall, Judenporzellan, Judentextilien, eingeschlagen, zertrümmert, auf die Straße geworfen?

Nicht selbst gesehen, aber die Mutter hatte beim Mittagessen ausführlich und unter Tränen darüber berichtet. (Sie beherrschte ihre Tränen virtuos, je nach Wunsch kamen sie oder hörten auf. Ihre gute Technik erlaubte ihr, gleichzeitig zu weinen und zu essen. Und so sehr weinte sie nicht, dass ihr der Bissen im Halse stecken geblieben wäre.) »Eine Bande«, sagte der Vater, gleichfalls kauend. »Be careful, my dear.« Aus taktischen Gründen wurde die Warnung vor dem eintretenden Mädchen bald englisch, bald französisch ausgesprochen. Es machte nichts, dass der Vater kein Englisch verstand, er wusste, was gemeint war. Das Mädchen wusste es auch. »Recht hams, Herr Professor, Räuber sans und Mordbrenner.« Aber da war sie an den Falschen geraten. Papa räusperte sich, bevor er sagte: »Mischen Sie sich nicht in unsere Unterhaltung. Sie wissen gar nicht, was Sie daherreden. Ich habe von einem historischen Ereignis gesprochen, das in keiner Beziehung zur Gegenwart steht.« Nickte zufrieden. Falls sie ihn hatte provozieren wollen, was man ja nicht wissen konnte, war sie abgeblitzt. Voll Misstrauen starrten der Vater und sie sich an. Misstrauen überall. Unbehagen und Hass.

Er hasste also die Nazis schon damals?

Wenn man ihn so genau beim Wort nimmt – nein, wahrscheinlich nicht. Warum auch? Sie ließen ihn schreiben, und anderes wollte er nicht.

Also nur Unbehagen? Aus dem er keine Konsequenzen zog?

Was für Konsequenzen sind aus Unbehagen zu ziehen? Man konnte nur schweigend protestieren.

Innere Emigration?

Nein. Dieser Begriff erschien ihm schon damals ebenso dumm wie verlogen. Er hatte sich ja entschieden, dazubleiben.

Und warum war er geblieben?

Das muss man verstehen. Es gab viele, die Großes von ihm erwarteten, er konnte sie nicht enttäuschen. Wir müssen bleiben, um Schlimmeres zu verhüten, wurde zum Slogan, hinter dem sich Bequemlichkeit, Feigheit, doch auch Überzeugung verbarg. Er war überzeugt. Fühlte sich durch den Ruhm verpflichtet, den ihm seine ersten Gedichte eingebracht hatten. »Neue Stimme von höchstem Rang« war er genannt worden. Man durfte nicht weglaufen und den Verstümmlern der Sprache das Feld überlassen.

Da hatte er weitergeschrieben, als ob nichts verändert wäre.

Mit mehr Ruhe als zuvor. Er war in Gefahr gewesen, dem Betrieb zu verfallen, dem literarischen Rummel, mit Gedichtlesungen in Hörsälen und in den Wohnungen alter, ihn auf die Stirne küssender Damen bei Kerzenlicht. Jetzt propagierte der Staat einen anderen Stil. Und in den Salons der küssenden Damen las er Johst.

Schrieb er auch weiter, als die Bücher brannten?

Die Flammen machten Mörderfratzen sichtbar, rissen die Dunkelheit auf für kurze Augenblicke. Zum einzigen Mal die ernsthafte Überlegung, auszuwandern. Aber die Freunde forderten, du musst bleiben, und so blieb er. Zog sich zurück, lebte in einer Höhle, bei künstlichem Licht, nach außen abgeschirmt, und schrieb. Eine Novelle, Gedichte. Zwischen Lyrik und Prosa bestand kaum ein Unterschied. Manche Leser glaubten in einigen Zeilen Widerstand gegen das Regime zu finden. Sie geheimnissten mehr hinein, als darin war. Wenn Worte wie Abendland, heimlich, Licht, Dunkelheit, Geist, Verzweiflung auftauchten, witterten sie Revolte. Er aber war kein Kämpfer. Ebenso wenig wie Ja sagte er Nein. Wenigstens nicht, bis er anfing, die Geschichte Sebastian L.s zu erzählen. Wie war er dazu gekommen?

Erstes Auftauchen der Malergestalt in der Ausstellung der entarteten Kunst. Sehr undeutlich noch, kaum Umrisse. Aus Empörung entstanden. Was da an den Wänden hing, zum letzten Mal in Deutschland und ausdrücklich zu dem Zweck gezeigt, belacht und verachtet zu werden, war nicht irgendeine Kunstrichtung, die abzulehnen jedem freistand, es war das Kompendium der Kunst unserer Zeit.

Da war er endlich zum Nein entschlossen?

Wenn auch nur für sich selbst. Er wusste, dass eine Möglichkeit zur Publikation nicht bestand. In die Höhle zog er sich mit Sebastian L. zurück, dem Gefährten der nächsten Jahre.

Was anders hätte er machen sollen? Er war Pazifist. Oberstes Gebot: Du sollst nicht töten. Der Kinderglaube, dass auch andere nicht töten würden. Sie mussten ihm glauben, vor den Trambahnen hatte er vom Wesen des Faschismus nichts begriffen. Das ist seine Schuld.

Die Fotografin war eine lächerlich unwichtige Nebenfigur. Gleichgültig, ob sie noch lebte. Gleichgültig, ob sie in diesem Augenblick mit leicht watschelndem Gang unter seinem Fenster die Straße überquerte. Sie hatte ihre Rolle gespielt, war in ihr einsames Dasein zurückgekehrt und hielt ohne Zweifel auch weiterhin ihre Scheinwerfer für ein lebenspendendes Gestirn. Dabei blieb unklar, was sie durch ihr Auftreten überhaupt bewirkt hatte. Hätte er ihr Kommen verhindern können, wenn er nicht gerade an jenem Tag im Haag bei der Veilchenäugigen gewesen wäre? Wenn er sich nicht bei der ersten Razzia als ihr Retter aufgespielt hätte? Wäre Daniel ohne ihre ewig störende Anwesenheit zu Hause geblieben? Warum, warum? Warum lebte Sabine, und warum war Daniel tot?

Als er sie zum zweiten Mal auf der Treppe traf, wusste er schon von der van Lier, dass sie die Fotografin war. Sie schleppte einen großen Koffer nach unten. Der gelbe Stern war liederlich nur an zwei Ecken festgenäht. Es ärgerte ihn, er konnte Schlamperei nicht leiden und fand, dass die Juden ihrer Erniedrigung Würde entgegensetzen sollten.

Doch ging es ihn nichts an. Und weil er es sich vorgenommen hatte, aber auch weil er jetzt wusste, dass sie Verbotenes tat und welche Folgen es für sie haben konnte, blieb er stehen, grüßte höflich (vielleicht sogar übertrieben) und fragte, ob er ihr den Koffer irgendwohin bringen dürfe.

Ihr Puddinggesicht ging vor Erstaunen auseinander. Sie riss den Mund auf. Glich einem nach Luft schnappenden Karpfen. Gleichzeitig drückte sie den Koffer ängstlich an sich, als fürchte sie, er könne ihr geraubt werden. Und drehte den Kopf zur Wand.

Er merkte ärgerlich, dass er rot wurde, murmelte, sich der Ungerechtigkeit bewusst, »dumme Ziege« und ging schlecht gelaunt in sein Zimmer, um sich der täglichen Plage der Artikelherstellung zu unterziehen. Es machte ihm bedeutend mehr Mühe, als er anfangs gedacht hatte. Er war als Journalist denkbar ungeeignet. Dazu kam noch der Widerwille vor dem, was er sagen sollte.

In Blockschrift schrieb er quer über den Bogen: Im Namen des deutschen Volkes wird gemordet. Knüllte das Blatt zusammen und warf es in den Papierkorb. (Vielleicht machte er damals zum ersten Mal die Bewegung, in der später alles Schreiben endete.) Dann spannte er einen neuen Bogen in die Maschine, stellte sich auf das Niveau seines Briefwechsels mit Mama ein und tippte Belanglosigkeiten über holländische Landschaft, holländische

Typen und deutsche Theaterabende. (Die Ausgangssperre für die Holländer – nicht für die Juden – war im Augenblick aufgehoben, abendliche Veranstaltungen fanden wieder statt, die Kulturmaschine der Besatzungsmacht lief auf Hochtouren und wurde nur durch das ostentative Fernbleiben der Holländer beeinträchtigt.) Langweilige Sekundaneraufsätze. Die Zeitung nahm sie ihm ohne Lob oder Tadel ab, man schien an Besseres nicht gewöhnt zu sein.

In seinem Notizbuch entstand in Geheimschrift das Protokoll der Nächte. Der Gedanke, Zeuge zu sein, wurde zur fixen Idee. Nie stellte er sich die Frage, ob nicht auch andere aussagen könnten. Es war seine Aufgabe, hinter der alles, was er bis jetzt gewollt hatte, zurücktrat.

Von Tag zu Tag wurde die Gestalt Sebastian L.s unscharfer, ihre Probleme verloren an Gültigkeit, neue ergaben sich. Fälscher erschienen in einem höheren sozialen Rang, Fälscher von Ausweisen, Stempeln, Freistellungen, Geburtsurkunden, Taufscheinen, Ahnenpässen. Der Fälscher der Kunst hatte alle Chance, zum Helden des Widerstandes zu werden. Ernsthafte Erwägungen, das Konzept zu ändern. Er begann die Schwierigkeiten zu ahnen, einen Roman, der auf gewissen Normen des gesellschaftlichen Zusammenlebens basiert, in einer Zeit zu schreiben, in der die Normen aufgehoben sind.

Wochen der Einsamkeit. Er sprach niemanden als die Haushälterin, schrieb keine Briefe und bekam keine. Nur die ängstlichen Schreie der Mutter flatterten pünktlich alle acht Tage auf seinen Tisch. Ob er darauf achte, keine nassen Füße zu bekommen, ob seine Wäsche ordentlich gepflegt werde, ob er sich vernünftig ernähre und vor allem, ob er keine Dummheiten mit Frauen mache. Er möge doch in jedem Augenblick daran denken, im feindlichen Ausland zu sein.

Er ertrug keine Menschen, schon die kurzen Minuten mit der van Lier riefen Schwindel, Übelkeit, Kopfweh hervor. Es war, als ob sie es spüre; sie klopfte, kam herein, setzte das Tablett auf den Tisch und ging wortlos wieder hinaus. Wenn sich eine Mitteilung oder Frage nicht vermeiden ließ, tat sie es knapp, auf das Sachliche beschränkt, und er gab ebenso Antwort.

Bis sie eines Abends, ohne anzuklopfen, im Zimmer stand. Der Busen wogte. Sie spuckte vor Erregung. »Jetzt sind sie in unserer Straße. Gehen von Haus zu Haus und nehmen die Juden mit.«

Er sah sie schweigend an. Was hätte er sagen sollen?

»Ihre Landsleute«, zischte sie hemmungslos. »Diese Schweine.«

Dass er nickte, besänftigte sie nicht, sondern brachte sie noch mehr auf. Unter ihren zornigen Blicken wagte er nicht, die Speicheltröpfchen abzuwischen, die sie ihm auf die Hand gespuckt hatte. Sie hob die Arme klagend nach oben und sagte dumpf: »Die arme Lisser.«

Er zitterte. Der Gedanke, dass die reizlose Person, die nicht mit ihm sprechen wollte, geholt werden würde, war quälender als der an die dreihundertneunundneunzig anderen. War er zu fantasielos, sich den Schmerz der Unbekannten vorzustellen? Ähnlich wie Mama, die sich weigerte, ein Huhn zu essen, das sie lebendig gesehen hatte. Das war ihr Huhn – in diesem Augenblick wurde Sabine Lisser zu seiner Jüdin.

Der Stuhl fiel um, als er aufsprang und aus dem Zimmer lief. »Wollen Sie mich denunzieren?«, schrie die van Lier hinter ihm drein.

Er nahm drei Stufen auf einmal – jede Sekunde konnte kostbar sein –, keuchend kam er oben an und klingelte. Die Lisser öffnete sofort, sie musste hinter der Tür gestanden haben, zum Ausgehen gekleidet, in einem dunkelblauen Kostüm mit Schleierhütchen und weißen Handschuhen. Über der Schulter hing ihr ein Brotbeutel, neben ihr stand ein Handkoffer mit aufgeschnallter Decke.

Verständnisloser, erschreckter Blick aus großen Kuhaugen. Ein schleierhutgeschmücktes Opfer.

»Kommen Sie.«

Sie schüttelte heftig den Kopf. Der Schleier wippte. »So kommen Sie doch.«

»Wohin?«

»Zu mir. Schnell, bevor sie da sind.«

»Sie sind ja verrückt.«

Er hörte, dass unten jemand ins Haus kam, nahm den Koffer, packte die Frau am Handgelenk und zog sie mit sich, die Treppe hinunter.

»Nein, nein, nein!« Wie ein ungezogenes Kind stemmte sie sich mit dem ganzen Körper, stolperte und fing an zu weinen.

Alles laut, unendlich rücksichtslos; sie wussten beide nicht, ob nicht unten im Haus die Grünen waren. Schließlich gelang es ihm, sie in sein Zimmer zu zerren, wo die van Lier noch immer mit hochrotem Gesicht stand.

»Ach so«, sagte sie. »Na ja.«

Sabine Lisser setzte sich. »Sie haben mir wehgetan.« Ganz Vorwurf und Wehleidigkeit.

Die Haushälterin ging zur Tür. »Ich will sehen, ob die Moffen zu Ihnen hinaufgehen. Aber hören Sie auf zu heulen. Das ist eine Schande.«

Sabine zündete sich eine Zigarette an. Sie rauchte hastig. Die Asche fiel auf den Boden.

Ohne die Zigarette aus dem Mund zu nehmen, fragte sie: »Wie kommen Sie dazu?«

Er zuckte die Schultern. Die Frage war nicht unberechtigt. Wie kam er dazu? Aber da er ihr antworten musste, sagte er: »Ich will nicht, dass man Sie wegholt.«

»Verstehe ich nicht. Sie sind doch ein Mof.«

Wieder brachte ihn diese Person zum Erröten.

»Warum gerade mich?«, bohrte sie. »Sie kennen mich doch gar nicht.«

Er schob ihr einen Aschenbecher hin. Die Asche fiel weiter zu Boden.

Liederliches Weibsstück. Ein Gräuel. Gelbe Finger vom Rauch. Vielleicht von der Dunkelkammer. Schon wieder ungerecht. Aber warum gerade sie? Vielleicht wird eben eine Mutter von vielen Kindern geholt. Oder ein Nobelpreisträger. Oder eine junge Braut. Oder– nein, nicht Daniel. Nicht Daniel. Das nicht. Warum gerade sie? Warum gerade er? Für heute Abend war es aus mit jeder Arbeitsmöglichkeit. Auch wenn sie in einer Viertelstunde wieder hinaufgehen konnte. Ihre Gegenwart würde haften bleiben. Es war nicht mehr wie im Mittelalter, wo man die bösen Geister einfach ausräucherte.

Seine Nerven revoltierten. Gleich wird er ihr den Finger durch das Gitter vorweisen müssen, ob er endlich fett genug ist, um verspeist zu werden. Alle Ängste seiner Kinderzeit stürzten sich auf ihn, alles Entsetzliche, das ihn bedrängt hatte, das hinter jeder Tür auf ihn lauerte, in immer neuer furchtbarer Gestalt, bis es einmündete in die Größe des reitenden Todes. Jetzt waren sie wieder da, der Perser, der ihn peitschte, damit er das Feuer anbete, die böse Fee mit der Spindel, an der er sich stechen sollte, um alles Schöne zu verschlafen, der Wolf, der in den Anlagen wohnte und von Mama den Auftrag hatte, ihn zu fressen, wenn er auf dem Schulweg herumbummelte, anstatt sofort nach Hause zu gehen, die Schlange, die vom Dachboden aus an der Klingellitze entlang in sein Zimmer glitt, der Mörder, von dem in der Zeitung stand, dass er in einem nahen Dorf einer fünfköpfigen Familie die Kehlen durchgeschnitten hatte, und der jetzt gewiss unter seinem Bett lag, der Schnee, in dem er ertrank, das Pferd, das ihn beißen würde, der Teufel im Kasperletheater und des Teufels keifende Großmutter, vor der er schreiend Reißaus genommen hatte. Doch jetzt konnte er nicht mehr davonlaufen.

Endlich kam die van Lier zurück. Es war, wie wenn Mama, nachdem sie ihn lange hatte weinen lassen, sich zu guter Letzt doch über sein Bett beugte. Er fühlte sich sofort geborgen, beschützt durch den mächtigen Busen und das leise Knarzen des Korsetts.

»Sie waren oben, drei Männer, haben geklingelt und an die Tür geklopft. Dann sind sie wieder weg.«

»Uff«, machte Sabine. »Der Vogel war ausgeflogen. Die werden sich was geärgert haben.«

(Stimme einer Blechtrompete.)

»Sie können jetzt wieder hinaufgehen«, sagte die Mejuffrouw. »Die Luft ist rein.«

»Ich hinaufgehen? Heute Nacht? Kommt nicht in die Tüte.«

»Sie kommen nie zurück. Das weiß man.«

»Sie wissen es, meine liebe Juffrouw van Lier. Aber ob die Grünen es auch wissen? Vorsicht ist die Mutter der Porzellankiste. Das war von jeher meine Devise. Der Herr hier hat A gesagt, da muss er auch B sagen. Soll ihm nie etwas Schlimmeres passieren, als mit meiner guten Sabine zu nächtigen.«

»Das geht nicht«, sagte die van Lier entschieden. »Hier ist kein Untertauchplatz. Ich kann es nicht erlauben. Mijnheer ist krank, sehr krank. Aufregung könnte ihn töten.«

»Warum sollte er sich aufregen, wenn sie doch nicht zurückkommen?«

Die van Lier, die sich mit ihrem eigenen Argument geschlagen sah, wand sich verzweifelt: »Er wird sich aufregen, wenn er merkt, dass ein fremder Mensch in seiner Wohnung ist.«

»So wird er es eben nicht merken. Machen Sie mir doch nicht weis, dass Damenbesuch hier nie stattfindet. Ich will einfach nicht hinaufgehen. Heute nicht mehr. Haben Sie denn kein Herz?«

Das große Herz unter dem wogenden Busen wurde weich.

»In Gottes Namen. Wenn Sie so Angst haben.«

»Angst? Ich? Nicht die Spur. Ich bin nur nicht dumm. Den Grünen jetzt noch in die Hände zu laufen wäre doch geradezu idiotisch.«

Resigniert holte die van Lier Wäsche und machte auf dem Sofa ein Bett zurecht. Andreas' Bitte, die Nacht im Wohnzimmer verbringen zu dürfen, lehnte sie ab.

»Wenn es schon sein muss, können Sie hier tun, was Sie wollen. Sie haben das Zimmer gemietet. Die übrige Wohnung gehört Mijnheer.«

»Gott sei Dank«, sagte Sabine, als die Haushälterin gegangen war, »eine unangenehme Person. So entsetzlich holländisch. Jetzt können wir es uns gemütlich machen.«

Sie setzte das Hütchen ab und legte die angeschwollenen, von Krampfadern durchzogenen Beine auf einen Hocker. Die Zigarette hing im Mund.

»Bei dem Andenken meiner seligen Eltern habe ich geschworen, nie mehr mit einem Deutschen zu sprechen, es sei denn unter Zwang. Aber da wir uns doch nicht gut die ganze Nacht anschweigen können, sage ich mir, dass es eben Zwang ist. Hokuspokus, reden wir. Und warum auch nicht? Ist ja überhaupt 'ne komische Situation. Oder? Wenn einer hereinkäme, könnte er es direkt für Rassenschande halten. Doch wird schon keiner kommen. Optimist muss man sein. Eine gute Unterhaltung ist das halbe Leben, das hat schon mein Großvater selig gesagt, der ein gescheiter Mann war. Wahnsinnig gern unterhalte ich mich. Und wann glauben Sie, dass man in diesem Kaff schon einmal Gelegenheit dazu hat. Außerdem interessiert es mich, auch einmal die Meinung der anderen Cote zu erfahren. Man wird ja ganz einseitig. Wenn man überhaupt jemand beim Wickel zu packen bekommt, hockt man zusammen und greult. Ich sage immer, dass man das Miesmachen auch übertreiben kann, obwohl unsere Situation natürlich alles andere als rosig ist. Doch von dem ewigen Wai-wai-Geschrei wird sie auch nicht besser. Habe ich nicht recht? Da halte ich mich lieber an das Dichterwort: Was mich nicht umbringt, macht mich stärker. Ist doch wohl von Goethe? Nein? Na, dann eben von Schiller, dem alten Zitaterich. Klingt ja auch so ähnlich wie das von dem gewaltigen Menschen, der sein Schicksal trägt. Ist schon 'ne großartige Sache um unsere deutschen Dichter. Da können die Holländer mit ihrem Vondel nicht mit. Unter uns gesagt, ist mit der Kunst hier überhaupt nicht viel los. Darunter leide ich, denn Sie müssen wissen, ich bin ein durch und durch künstlerischer Mensch. Fotografieren ist Kunst. Oder sind Sie anderer Meinung? Na, das wollte ich Ihnen auch nicht geraten haben. Eine ganz besonders schöne sogar, weil aus dem Leben gegriffen. Die Kamera lügt nicht. Manche meiner lieben Kollegen gehen ja so weit, dass sie weder Poren noch Falten wegretuschieren, aber wenn Sie mich fragen, finde ich das verkehrt. Keinem Menschen macht es Spaß, zu sehen, wie er wirklich aussieht. Und die Kunst ist nun einmal dafür da, Schönheit in unser Leben zu bringen. Oder? Selbstverständlich bin ich gegen Hitler eingestellt, aber an seiner Kunstauffassung ist entschieden was dran. Wo er recht hat, hat er recht. Ich würde das abstrakte Zeug auch aus den Museen hinausschmeißen. Eine Frau mit zwei Köpfen gehört ins Panoptikum und nicht in eine mit öffentlichen Mitteln unterhaltene Stätte der Kunst. Sie machen ja ein Gesicht, als sei Ihnen jemand auf die Zehen getreten. Sind Sie etwa Maler? Nein. Habe ich mir gedacht. Sie sehen nicht wie ein Maler aus. Eher wie ein Jurist. Auch nicht? Warten Sie, nicht sagen, lassen Sie mich raten. Lehrer? Nein? Arzt? Nein? Journalist? Na, sehen Sie, das sieht man Ihnen doch an der Nasenspitze an. In meinem Beruf bekommt man einen Blick für die Menschen. Man schaut ihnen sozusagen mitten ins Herz. Wenn ich auspacken wollte! Sie kennen doch sicher das Märchen von dem, der nachts durch die Straßen fliegt und in die erleuchteten Fenster schaut? Genauso ist es mit den Fotografen. Schicksale sehen wir im Vorübergleiten, Schicksale, sage ich Ihnen. Ich weiß, Sie wollen jetzt sagen, das sei Romantik, aber meine Sabine ist eben eine Romantikerin, unausrottbar. Gott sei Dank. Da kommt das arme ehrliche Dienstmädchen genauso zu mir wie der Herr Generaldirektor, und alle sind vor meiner Kamera schlicht und einfach Menschen. Zu Hause, in Kassel, hatte ich es allerdings nicht nötig, Köchinnen abzukonterfeien, da konnte ich wählerisch sein. Die ganze Hautevolee hatte ich als Kundschaft. Ja, damals! (singend:) Als ich noch Prinz war in Arkadien. Das waren noch Zeiten. Obwohl mir schon damals nichts geschenkt wurde. Sabinchen stammt aus keinem reichen Haus. Und ohne Fleiß kein Preis. So ist es doch? (C'est la vie. Der ganze Adel ist zu mir gekommen und, was mir ehrlich gesagt noch lieber war, das muntere Künstlervölkchen vom Theater. Freikarten gab es in Hülle und Fülle. Meine Sabine ist eine Theaternärrin, oder eigentlich müsste ich sagen: war, denn der Traum ist zu Ende. Prost Mahlzeit. Für Juden verboten. Doch ist das hier kein großer Verlust, denn beim besten Willen könnte man nicht sagen, dass in Holland mit dem Theater viel los wäre. Ein amusisches Land. Bei uns in Kassel war es phänomenal. Unser liebes Staatstheater, ein bekanntes Sprungbrett für Berlin. Was habe ich nicht alles gesehen. Klassiker und Moderne, Opern und Operetten. Diese liebe ich sogar ganz besonders, so reizend und beschwingt. Wenn ich in meiner Dunkelkammer stehe, singe ich all die entzückenden Melodien vor mich hin, da geht mir die Arbeit noch einmal so leicht von der Hand. Ein bisschen Aufpulverung braucht man eben, ich kann Ihnen sagen, es war kein Zuckerlecken, noch einmal von vorne anzufangen. Keinen roten Heller hatte ich, nur meine Apparate. Aber mit ihren Apparaten kann Sabinchen eben zaubern. Wollen Sie Fotos sehen? Sie waren wohl der Ansicht, dass ich in meinem Brotbeutel Proviant mit herumschleppe? Ja, denkste. Bilder sind da drinnen, meine Leica und Filme. Werden ja wohl in einem Lager, wo so viele Menschen sind, einen Fotografen brauchen. Erinnerungen für später. Und wenn ich auch vor keiner Arbeit zurückschrecke, bleibe ich doch lieber bei meinem Leisten. Gelernt ist gelernt. Oder vielleicht nicht? Bitte, sehen Sie selbst. Dieses reizende Mädchen ist eine Komtesse von Limburg-Stirum und der Herr da der Professor Levy vom Jüdischen Rat. Sie wissen nicht, was der Jüdische Rat ist? Na, erlauben Sie mal, sind Sie denn blind? Oder haben Sie noch nie nachts aus dem Fenster geschaut, wenn der Krach mit den Trambahnen losgeht? Da sehen Sie doch die Jungen vom Jüdischen Rat mit ihren Armbinden. Aber wahrscheinlich schlafen Sie und träumen süß, das ist das Vorrecht der Jugend. Was soll ich Ihnen sagen? Der Jüdische Rat ist eben der Jüdische Rat, und wer ihm angehört, hat einen Stempel im Personalausweis, dass er bis auf Weiteres vom Arbeitseinsatz freigestellt ist. So lange nämlich, wie ihn die Moffen nötig haben. Denn die können doch nicht alles allein tun, haben ja immer nur ein paar Männekens dabeistehen, die aufpassen, dass alles hübsch ordentlich zugeht. Das andere, die ganze Organisation mit allem Drum und Dran, haben sie dem Jüdischen Rat aufgehalst. Wo war ich stehen geblieben? Ach ja, bei den Fotos. Das ist unser Operettentenor aus Kassel, ein Herzensbrecher comme il faut, in Wirklichkeit schon ein bisschen fett, aber das habe ich wegretuschiert. Finden Sie dieses Brautpaar nicht allerliebst? Hochzeiten sind geradezu meine Spezialität, da kann überhaupt nichts schiefgehen, die mieseste Person sieht hübsch aus mit dem Schleier. Sie können sich kaum vorstellen, auf wie vielen Hochzeiten ich gewesen bin. Nur auf meiner eigenen nicht. Ist eben Schicksal und Gott weiß für was gut. Verehrer hatte ich ja genug, sozusagen an jedem Finger einen, ich hätte nur zugreifen brauchen. Aber meine Sabine ist wahrscheinlich zu anspruchsvoll, und der Richtige war nicht dabei. Doch ich merke, ich schweife ab, ich will Ihnen ja die Fotos zeigen. Hier ein Verlobungsbild, nicht ganz so schmeichelhaft wie eines mit Kranz und Schleier, aber doch auch allerliebst. Zwei so hübsche junge Menschen. Sind übrigens auch schon weg. Gleich mit dem ersten Transport. Da wurden sie noch nicht geholt, sondern bekamen einen Aufruf, sich an den Bahnhof zu begeben, und ob Sie's glauben oder nicht, es sind tatsächlich viele hingegangen. Aber als es von Mal zu Mal weniger geworden sind, haben die Moffen ihre Methode geändert. Dies Baby, das Sie ja wahrscheinlich von unten im Kasten kennen, ist auch deportiert, mit seinen Eltern natürlich. Familien bleiben ja zusammen. Und diese Frau ist einem Ondit zufolge mit ihrer ganzen Familie durch Belgien und Frankreich in die Schweiz geflüchtet. Ist doch schrecklich leichtsinnig, den weiten Weg zu riskieren, immer unter fremden Menschen, jüdisch ausgesehen haben sie obendrein. Und wenn man sie erwischt, was haben sie dann? Kommen als Straffall weg, vermutlich in ein KZ. Und das ist doch wahrscheinlich weitaus unangenehmer als ein Arbeitslager. Obwohl meiner Meinung nach auch da furchtbar übertrieben wird. Ich habe Ihnen ja schon erzählt, dass wir immer zusammenhocken und greueln und vor Furcht schlottern. Ist kein Wunder, manchmal könnte man direkt glauben, dass die Gestapo es darauf angelegt hat, uns Angst einzujagen. Da haben sie im Februar 41 'ne Razzia auf vierhundert junge jüdische Männer im Judenviertel gemacht und im darauffolgenden Juni auf dreihundert hier im Zuid. Und was soll ich Ihnen sagen, im Oktober waren von allen siebenhundert Todesberichte aus Mauthausen da. Ja, Mauthausen, Sie wissen nicht, was das ist? Haben wir damals auch nicht gewusst. Ein KZ in Österreich. Sind übrigens Briefe gekommen. Auf ganz manierlichem Briefpapier stand gedruckt, dass die Schutzhaftgefangenen zwar keinen Besuch, aber zweimal im

Monat Post empfangen dürften, und Zeitungen könnten sie sich im Lager kaufen. Klingt doch ganz annehmbar. Und dann sollen innerhalb weniger Monate siebenhundert junge Burschen gestorben sein. Ist aber natürlich nichts als Sadismus gegen die armen Angehörigen, denn siebenhundert kräftige Jungen, die sind ja nicht so mir nichts, dir nichts tot. Glauben Sie nicht auch? Ganz große Miesmacher sind der Ansicht, man habe sie umgebracht, aber das ist natürlich zum Lachen, das gibt's nicht, das ist unmöglich, wir leben ja nicht mehr im Mittelalter. Und ich kenne doch meine ehemaligen Landsleute aus dem Effeff, 'ne raue Schale, aber doch 'n ganz guter Kern. Sicher sind die Mauthausener in 'nem anderen Lager, von wo sie nicht schreiben dürfen. Wenn ich mal wegkomme, werde ich 'ne Menge Bekannte treffen. Oder finden Sie, dass ich doch nicht gehen sollte? Man kann ja nie wissen. Vielleicht kriegt man Typhus und kratzt ab. Wäre schade. Ich möchte doch erleben, dass der Hitler auf 'ner Bank sitzt und zwei Juden gehen vorbei, und der eine sagt: Du, ich glaub, da sitzt der Hitler. Und der andere: Nebbich, der Hitler. Gut, was? Leider nicht von mir. Sie haben mir heute Abend direkt Lust zum Untertauchen gemacht, obwohl ich, ehrlich gesagt, vorher noch nie daran gedacht habe. Vielleicht sollte man wirklich, vielleicht ist es dumm, wenn man geht. Ich würde gern Ihre Ansicht darüber hören. Wahrscheinlich wissen Sie mehr als wir. Nein? Nicht? Oder wollen Sie es bloß nicht sagen? Sehr gesprächig scheinen Sie ja überhaupt nicht zu sein. Aber wenigstens zu essen könnten Sie mir was geben. Ich habe einen Wolfshunger. Viel haben Sie nicht? Ist ja auch nicht nötig. Ein bisschen Wurst und Käse? Her damit. Keinen Kuchen? Wie traurig. Sabine ist ein kleines Leckermaul, und Aufregung regt bekanntlich den Appetit an. Die Wälder zu Hause waren auch immer voll Butterbrotpapier phänomenal sage ich Ihnen die reizende Gräfin mit dem charmanten Baron dem Herzensbrecher so liebe Menschen meine schon weggeholten Kunden die heilige Kunst ein wenig Retusche das ist das ganze Geheimnis könnten Sie nicht mal was darüber in der Zeitung schreiben vielleicht würde sich manches ändern und die Liebe das ist so eine Sache und meine Sabine und meine Sabine und meine Sabine …«

Und so weiter, stundenlang, ohne Pause, es dröhnte in seinem Kopf, er zwang sich, wegzuhören, aber das schneidende Organ erkämpfte sich immer wieder den Weg zu seinem Ohr; Müdigkeit und Trauer sanken in Schwaden von der Decke.

»Zeit, ins Heia zu gehen«, sagte sie schließlich laut gähnend und erhob sich aus der Wolke blauen Rauches. »Drehen Sie sich um, sonst werden Sie blind.«

Er legte den Kopf in die Hände, hörte sie herumhantieren, leises Rascheln von Seide, Geruch von Eau de Cologne.

»Ich dreh mich zur Wand, Sie dürfen sich ausziehen.«

Er aber blieb sitzen, ohne sich zu bewegen. Nach einer Weile sagte sie: »So was Komisches, ist ja zum Totlachen, ausgerechnet bei einem Deutschen nächtigt Sabinchen. Dabei würden Sie sich wundem, wenn ich Ihnen erzählte, wie lang ich mit keinem Mann mehr im selben Zimmer geschlafen habe.«

Ein glucksendes Lachen, sie rollte sich zusammen, und bald ertönte ihr lautes, zufriedenes Schnarchen.

Er rührte sich nicht, bis die Trambahnen kamen. Dann trat er ans Fenster und starrte hinab auf das, was Nacht für Nacht anzusehen ein seltsamer Zwang war, eine böse, ihn in immer dunklere Tiefen führende Faszination.

Zwei Nächte später konnte er es am Fenster nicht aushalten. Rang nach Atem. Griff ans stechende Herz. Er hatte nur noch ein Verlangen: auf die Straße! Ohne nachzudenken steckte er Pass und Pressekarte ein. Ein Schlafwandler, der bei seinem unsinnigen Marsch über die Dächer richtig reagiert.

Es war so dunkel, dass er stolperte, gerade fing er sich noch, spürte einen Schmerz im Knöchel und hinkte über die Straße bis zu den Trambahnen, in den Schein der blauen Taschenlampen. Ein Hundeführer trat auf ihn zu, fuhr ihn an, was er hier zu suchen habe, prüfte die Ausweise und grüßte. Der Hund wedelte dazu mit dem Schwanz, ein schöner Wolf mit großen intelligenten Augen, abgerichtet, sich auf Flüchtende zu stürzen. Andreas liebte Hunde und wünschte sich einen Revolver, das Tier zu erschießen und sich.

Blaugesichtige, leichenhaft blasse Wesen drängten und stießen sich. Dunkle Augen wie auf römischen Sarkophagen. In den Särgen lag die Liebe, große und kleine Liebe, an den Menschen gestorben.

»Man kann ja nichts sehen«, flüsterte eine Frauenstimme, »wenn es nur Tag wäre.« Und eine Männerstimme antwortete: »Wirklich ein Skandal, mitten in der Nacht.«

Auf einmal tauchte vor ihm das schöne, von Trauer versteinerte Gesicht Edith Rosenbuschs auf. Er musste es träumen, denn er sah es jetzt, wohin er auch blickte, zwanzigmal, dreißigmal, hell schimmernd vor tiefer Dunkelheit. Von schwarzen, in der Mitte gescheitelten Haaren umrahmt, schwebte es durch die Nacht.

Er wandte sich ab, hinkte über die Straße zurück, tastete sich die zwei Stufen hoch, die zur Haustür führten, und versuchte den Schlüssel ins Schloss zu stecken. Da hörte er neben sich Atmen, war erst vor Schrecken gelähmt, begriff dann aber sehr schnell, dass es sich um einen geflüchteten Juden handeln musste. Er nahm den Menschen am Arm, brachte es nach einiger Mühe fertig, aufzusperren, und schob ihn mit sich ins Haus. Führte ihn, der vor Aufregung kaum gehen konnte, die Treppe hinauf, durch den dunklen Gang in sein Zimmer. Nachdem er das Fenster geschlossen hatte, machte er Licht.

Die Helligkeit blendete ihn, es blendete ihn das Gesicht des Araberknaben. Daniel stand mitten im Zimmer, Arme und Hände flach an den Leib gepresst, den Kopf ein wenig zur Seite gelegt, als sei er zu schwer, um ihn aufrecht zu halten. So sahen Erhängte aus; solche, die es hinter sich haben und friedlich im Winde pendeln.

Andreas, noch keineswegs sicher, ob er nicht wieder fantasierte, fragte: »Du wolltest zu mir?«

Daniel nickte, versuchte sich ein Lächeln abzuzwingen, es wurde zur Grimasse, das Gesicht eines Gefolterten. Schrei, oh, so schrei doch! Entsetzen in den sanften Tieraugen, berichtete er, dass sie heute Nacht geholt worden seien, bis zu den Trambahnen sei er mitgegangen in der festen Absicht, einzusteigen und bei den Eltern zu bleiben, so lange wie möglich, aber als die Mutter ihn mit Blicken und Zeichen immer dringender gebeten habe, zu fliehen, sei er schließlich, unbemerkt von den Hunden, zwischen zwei Wagen hindurch weggelaufen. Die Adresse habe er auswendig gewusst, das Haus gekannt.

Das war ungefähr das, was der Junge sagte, nicht die genauen Worte. Daniels Worte existierten nicht mehr, hatten sich so gründlich verflüchtigt, als wären sie nie gesprochen worden. Und soviel Zeit und Mühe er auch darauf verwandte, sie wieder zum Klingen zu bringen, es war umsonst. Er suchte die verloren gegangene Melodie, suchte vor allem den Tonfall des einen Wortes, das der Freund fragend, spöttisch und doch mit einer nicht zu verkennenden Zärtlichkeit gebrauchte, wenn er ihn von seinem Lehnstuhl aus beim Namen rief: Andreas. Aber nicht einmal diese drei Silben, weder ihr Zeitmaß noch ihre Höhe und Farbe, konnte er wiederfinden.

Der Junge setzte sich auf denselben Stuhl, auf dem zwei Nächte vorher Sabine Lisser gesessen hatte, krümmte den Rücken und senkte den Kopf.

Andreas lehnte am Fenster und sah ihn an, von quälendem Erstaunen erfüllt, dass er sich freute. Nutznießer des Elends, Todgewinnler. Furchtbare Liebe, die nicht fragt, mit welchem Preis sie bezahlt wird. Liebte er Daniel? Hatte er Daniel geliebt? Kann man das lieben, was man selber ist? Kann man etwas lieben, das man nicht selber ist? Man braucht doch einen, der Antwort gibt, der dableibt, wenn man fortgeht, einen Sohn, einen Schüler. Was ist ein Mann wert, der keinen Sohn hat? Geliebtes eigenes Bild, jünger, unverzerrter, reiner. Daniel, von allen Menschen, die den Weg gekreuzt, der Nächste.

Er machte eine hilflose Bewegung auf Daniels Haar zu, ließ aber die Hand sinken, bevor sie ihr Ziel erreicht hatte.

Die Zeit schlich, auch als die Trambahnen wegrollten, bewegte der Junge sich nicht. Starre, Leichenstarre, Lots Frau hat die Vernichtung Sodoms und Gomorrhas gesehen, die Welt der Schatten, wie brachte Orpheus es zustande, noch genug Kraft zu haben, um weiterzugehen? Stille, nichts als das Atmen der beiden Menschen, die Totenwache hielten für zwei noch Lebende. Von der Trambahn geht es in den Zug. Der Zug fährt nach Osten. Osten, das ist das Nichts.

Schreckliche Stunde der Entmannung; unblutig, mit schleichendem Gift, das die Zeugungskraft lähmt. Noch weiß Andreas es nicht, weiß es ebenso wenig wie die der Bombe entronnenen Opfer von

Hiroshima, dass sie, die mit dem Leben Davongekommenen, der Vernichtung bestimmt sind.

Was weiß man schon? Osten – das ist das Nichts, eine pessimistische Hypothese. Man hat noch nichts von Gaskammern gehört, von Massenexekutionen, Vernichtungslagern, Selektionen, Verbrennungsöfen, ausgebrochenen Goldplomben, sorgfältig sortierten Kleider- und wahllos gestapelten Leichenhaufen, man weiß nichts von Appellen, Todesmärschen, Steinbrüchen, medizinischen Experimenten, Luftspritzen in die Venen, Einfrierenlassen, Zu-Tode-Prügeln unter den Klängen von Marschmusik.

Aber man weiß auch noch nicht, dass eines Tages, wenn man das alles wissen wird, sich nichts ändert, dass man dahinlebt im alten Trott und ergeben, wenn auch mit Unbehagen, auf die nächste Katastrophe wartet. Und dass man in der Zwischenzeit mit dem Schicksal hadert, wenn man sein tägliches Bad nicht hat (aber meistens hat man es). Noch ahnt man nicht, wie gut es sich mit einer unbewältigten Vergangenheit leben lässt, und selbst wenn man es ahnte, würde man es nicht glauben.

Da stand er also, blöde und unbeholfen vor dem entsetzlichen Schmerz – soll man trösten, aber wie macht man das? –, und konnte nichts dagegen tun, dass die Gedanken abschweiften, doch war es unmöglich, viele Stunden lang nur zu denken: Er ist da, er ist da, er ist da. (Natürlich dachte er auch an Daniels Eltern, versuchte sie sich auf ihrem Weg ins gräulich Unbekannte vorzustellen, was misslang; für alle Zeiten würde für ihn Edith unter der Haustür stehend den Sohn anlächeln, der Doktor, halb hinter den Schreibtisch gerutscht, zuhören.) Die Spannung ließ körperliche Begierde aufkommen, er kalkulierte seine Chancen bei der Veilchenäugigen. Er wusste jetzt, dass sie die Tochter des Kolonialbeamten war, im Haag verheiratet, mit einem, der, wie die van Lier missbilligend sagte, Geschäfte mit den Moffen machte. Pünktlich um zehn Uhr kam sie jeden Samstagvormittag, nicht mehr ganz so bunt gekleidet wie im Sommer, aber immer noch sehr farbenfroh, in einem schicken Herbstkostüm mit geblümtem Schal und einem mit bunten Bändern umwundenen Hut. Wenn er sie auf dem Gang traf – und er traf sie immer, das wussten sie beide so einzurichten –, bekam er einen schmachtenden Blick aus den unter getuschten Lidern noch blauer erscheinenden Augen (Farbe des Mittelmeers bei Sturm); sie lachte gern, war heiter, anschmiegsam, ihre Stimme girrend vor Sinnlichkeit. Es war reizend, wie die braunen Schläfen unter den blonden Locken verschwanden. Üppiges festes Fleisch, gut, um sich daran festzuhalten, vielleicht die Rettung.

Der Junge bewegte sich. Hob den Kopf, streckte den Rücken, stand auf, alles langsam, vorsichtig, als wolle er versuchen, ob es noch ginge. Tappte im Zimmer umher.

Plötzlich sah er das zerfetzte Bild, zuckte zusammen und begann endlich zu weinen.

Andreas legte ihm den Arm um die Schulter, drückte ihn auf das Sofa und hielt ihn umschlungen, die ganze Nacht.

Mit dem Porsche in die Dünen zum Grab. Nein, nicht ganz, die letzten fünfhundert Meter muss man zu Fuß gehen, durch gelben Sand auf geklinkertem Weg. In Begleitung der Möwen, die auf Brotreste warten. Einen Tulpenstrauß in der Hand. Um den Toten vorzulügen, man käme nicht mit leeren Händen.

Er schämte sich und warf die Blumen weg. (Betrug an den Möwen, die gierig niederstießen.)

An einer hohen Stange wehte die niederländische Flagge auf halbmast, es gab keine Windstille hier. Auf einem Eisenkreuz, Aere perennis, standen die Namen, einundzwanzig, an dieser Stelle von den Deutschen als Geiseln erschossen. Miep Dekker der erste, sie war die einzige Frau.

Eine Frau? Nein. Ein Mädchen. Sein Mädchen. Die Seine? Auf dem Korridor zwischen seinem Zimmer und der Wohnungstür hatte er ihr beigebracht, wie man küsst. Mehr nicht. Sie hatten keine Bleibe, nicht einmal die Straße, das Feld, den Wald. Eine holländische Patriotin geht mit keinem Deutschen, auch nicht, wenn er ein »Guter« ist. Küsse im Niemandsland, zwischen den Gräben, im Dunkeln; ihre Aktenmappe, in der neben der englischen Grammatik und den gefälschten Ausweisen der geladene Revolver steckte, schlug während der Umarmung an seinen Rücken.

»Würdest du schießen?«, fragte er ironisch, überzeugt, dass ein Schulmädchen unter keinen Umständen schießt. Sie verstand den Spott nicht. Ironie lag außerhalb ihres Denkvermögens. Sie dachte, wie die Töchter kleiner Beamter auf der ganzen Welt denken, geradlinig, sentimental, ein Schuss Provinzzeitung, ein Schuss Hollywood, in ihrem besonderen Fall mit Kalvinismus durchsetzt.

»Natürlich«, sagte sie sachlich.

Nichts geschah in dieser gequälten Stadt, was sie nicht innerhalb kürzester Zeit erfuhr. Jeden Tag kam sie, auf einen Sprung nur, und war für ihn und Daniel die einzige Verbindung zur Wirklichkeit.

Vor dem Lehnstuhl stehend, mehr zu Daniel als zu ihm gewandt, erstattete sie Bericht über Verhaftungen, Erschießungen, Deportationen. In solchen Augenblicken schloss sie ihn aus. Sie sagte: »Die Deutschen haben …« Nicht: die Nazis. Zu den Deutschen gehörte er, es war nichts dagegen zu machen.

Eines Tages erzählte sie von Daniels Cousine, Susanne Rosenbusch, die, auf der Straße verhaftet, ihre Untertauchadresse verraten hatte. »Sie haben dort eine Namensliste von Widerstandsleuten gefunden. Vierundzwanzig sind geschnappt worden. Sicher hat sie es nur aus Dummheit getan. Trotzdem sollte man sie umlegen.« Ohne Mitleid, wie ein Richter des Volksgerichtshofes.

Wusste sie nicht, dass Susanne Daniel nahestand? Seine verschleierten Augen, sein hartgespannter Mund hätten ihr ein Zeichen sein müssen. Aber sie sagte noch einmal: »Ja, umlegen.« Sie nahm keine Rücksicht auf verwandtschaftliche Gefühle und hätte die eigene Schwester ans Messer geliefert. Es gab nur Schwarz oder Weiß, Tod für die Bösen, Leben für die Gerechten. Gerecht war jeder, der zu Holland hielt. So einfach.

Miep kannte kein anderes Land als dieses, es war für sie die Welt. Die Welt musste wieder frei werden. Und dann war alles gut. »Wie stellst du dir die Freiheit vor, Miep?« Ein erstaunter Blick aus den etwas zu hellen Augen. Machte er sich über sie lustig? »Freiheit ist, wenn die Holländer wieder in ihrem Lande bestimmen können.«

»Ganz gleich in welcher Form?«

»Ganz gleich.« Sie stellte keine großen Ansprüche. Politik interessierte sie nur im Zusammenhang mit dem Widerstand.

Was interessierte sie überhaupt? Worüber hätte man in normalen Zeiten mit ihr sprechen können? Wahrscheinlich über nichts. Von Kunst hielt sie nicht viel. Das war unnützes Zeug, verplemperte Zeit. Nie äußerte sie den Wunsch, etwas von ihm zu lesen. (Wofür er ihr dankbar war.) Schreiben betrachtete sie als geldeinbringende Tätigkeit, wie Hinter-einem-Schalter-sitzen-und-Marken-Verkaufen. Sie war dazu erzogen, einem Mann das Essen zu kochen und die Strümpfe zu stopfen. Dafür würde er sie ins Kino führen und mit ihr schlafen.

Seit Generationen ausgeübte und immer wieder aufs neue projektierte Trostlosigkeit. In diesem von allem Anfang an hoffnungslosen Aschenputteldasein tauchte unerwartet und strahlend der Widerstand auf. Der Ruf des Lebens. Die Berufung. Der Schlachtruf tönt und die Trompeten klingen. Wenn auch, wie es diesem Lande gemäß ist, gedämpft. Man ist kein visionäres katholisches Bauernmädchen, das Stimmen hört, sondern ein nüchternes Meisje, das sich nicht dazu versteigt, die Truppen anführen und die Königin nach dem Haag zurückbringen zu wollen; man tut, was man für notwendig und menschlich hält, ohne Aufhebens, mit selbstverständlicher Bescheidenheit. Aber doch zutiefst überzeugt von der Gnade, die einem dadurch zuteilgeworden ist, dass man es tun darf.

Sie kam hereingelaufen, blond, mager, auf schlaksigen Beinen, gab ihrer Tante, der van Lier, einen Kuss, stattete Bericht ab, unterhielt sich kurze Zeit mit Daniel (in der Sprache der Siebzehnjährigen, die Andreas auch dann nicht verstand, als er schon gut Holländisch konnte), schon musste sie wieder fort, ein Untergetauchter brauchte gefälschte Lebensmittelkarten, ein aus dem Transport geschmuggeltes jüdisches Kind sollte Pflegeeltern übergeben werden, der Kontakt zwischen einem holländischen Offizier und einem Schiffer, der ihn nach England bringen konnte, war herzustellen. Umarmung im dunklen Gang. Unbefriedigend, die Nerven anreißend. Doch wenn sie weg war, blieb ihr unbeschwertes Kinderlachen zurück. Und erst das Rollen der Trambahnen brachte es zum Verstummen.

Aber an einem Montag im Herbst kamen die Trambahnen nicht. Er stand am Fenster, Daniel schlief, es war zwei, er lauschte, nichts, es wurde halb drei, und immer war noch nichts da. Er hätte sich freuen müssen, doch er fürchtete sich. Das Entsetzen war zur Gewohnheit geworden, jede Veränderung bedrohte die mühsam errichtete Basis der Existenz. Das Rollen der Trambahnen war das Thema, aus dem sich die Fuge der Nacht entwickelte. Was sollte aus ihm werden in lautloser Dunkelheit?

Er lehnte sich weit hinaus. Der Wind wehte, Scheinwerfer suchten den Himmel ab. Es war immer noch Krieg.

Um so unfasslicher erschien ihm das Ausbleiben der Bahnen. War von höherer Stelle der Befehl gekommen, aufzuhören? Der die Verantwortung dafür trug, konnte tot sein oder in Ungnade gefallen, vielleicht hatten sie keine Waggons mehr, keine Kohlen, vielleicht waren die Lager zum Überlaufen voll (immer wieder ertappte er sich dabei, dass er dem Gedanken Mord auswich). Nichts war unmöglich, noch konnte alles werden wie zuvor. Alles, nur er nicht. Das Rollen der Trambahnen hatte ihn in seine Bestandteile zerlegt, in sehende Augen, hörende Ohren, ein schlagendes Herz, zuckende Nerven und stetig vertropfendes Blut. Wie soll er das je wiederzusammenbringen? Er ist kein Gott. Aus Bruchstücken macht er im Leben keinen Dichter mehr.

Für ihn war es aus, nicht für die anderen. Die Rosenbuschs werden nach Hause kommen, Edith noch blasser, der Doktor mit noch runderen Schultern. Und Daniel wird aus seinem Lehnstuhl aufstehen (jetzt tat er es selten und unwillig, denn wozu gehen, wenn Gehen nur eine Fiktion ist?) und endlich Antwort auf die stets von Neuem an ihn gerichtete Frage geben müssen, was er nach dem Krieg zu tun gedenke, auf die er nur mit resigniertem Achselzucken reagiert, den jahrtausendealten und den neuen Schmerz in den Augen. Ein Siebzehnjähriger, der das Nachher verneint, schrecklichster Widerspruch, nur den Uralten ist es erlaubt, ihr Leben von einem zum anderen Tag zu fristen. Aber vielleicht weiß ein Jude immer nur Antwort auf die Vergangenheit, das schwere Gewicht, das er mit sich herumschleppt, das seinem Gang das Leichte nimmt, seiner Haltung die Grazie, seiner Rede die Unbefangenheit, und das ihn verdächtig macht in den Augen der anderen und ihn demütigt in seinen eigenen; ein Jude, der an die Zukunft glaubt, betrügt sich selbst.

Daniel also wird aufstehen und zu seinen Eltern zurückkehren, und die Gegenwart, die grausame herrliche, wird zu Ende sein. Vor lauter Zukunft wird es keine Gegenwart mehr geben; Schreiben ist Zukunft, das entstandene Wort tastet schon nach dem Nächsten. Ich werde, aber ich bin nicht mehr.

Das Eingesperrtsein mit Daniel in diesem Zimmer ist Gegenwart. Ohne Vergangenheit, ohne Zukunft. Die hässlichen Möbel, der Südseeramsch, das Verdunklungspapier am Fenster, das zerfetzte Bild, der große Busen der van Lier, Mieps Lachen, der Schritt des Arztes, der täglich zu dem Kolonialbeamten kommt, die schmachtenden Blicke der Veilchenäugigen, die tastenden Finger der Scheinwerfer, das Belfern der Flak, die Schwärze der Nacht, die Trambahnen – Gegenwart, alles Gegenwart. Augenblick, der verweilt. Nichtabreißende Illusion der Unsterblichkeit. Seit Daniel bei ihm war, schrieb er nicht mehr. (Nicht nur der Junge, auch er selbst verweigerte die Antwort auf die Frage nach der Zukunft.) Sebastian L. war rasch und schmerzlos gestorben, er weinte ihm keine Träne nach. Doch ließ er Daniel bei dem Glauben, das Nichtschreiben sei ein ihm gebrachtes Opfer. Unter dem Motto: Wenn ich nicht allein bin, kann ich nicht arbeiten. Die einzige Lüge zwischen ihnen. Verbrämt mit unsinnigen Floskeln wie schöpferische Pause und Ähnlichem.

Die Zeitungsartikel fertigten sie gemeinsam an. Lieblingsbeschäftigung Daniels, dem Feind einen Bären aufzubinden. Es klang alles ganz glaubhaft, war witzig und amüsant (bald schon erfolgte ein Lob der Zeitung für den so viel lockerer gewordenen Stil), machte den Eindruck, konformistisch zu sein, doch zwischen den Zeilen knisterte es. Daniel saß diktierend im Lehnstuhl, er tippte am runden Tischchen.

Wenn sie fertig waren, setzten sie ihr Dauergespräch fort, das nie an Intensität verlor. Immer war er auf sich allein gestellt gewesen, jetzt gab eine Stimme Antwort, forderte Gehör, der Dialog war aus der Sphäre der zufälligen Begegnung gerückt und zur eigentlichen Form des Lebens geworden. Oft redeten sie über die Trambahnstunde hinweg, bis tief in den Morgen hinein. Er hatte dem Jungen manches an Wissen voraus, an literarischen, philosophischen Kenntnissen, Erfahrungen mit Frauen, Reisen, an Träumen und Ausdruckskraft. Dafür besaß Daniel eine wachere Beziehung zur Wirklichkeit. Sein Leben war, trotz Emigration und Verfolgung, glücklich gewesen, das mochte der Grund für seine Unbefangenheit sein. Andreas erfuhr, dass es ein selbstverständliches Zusammengehörigkeitsgefühl zwischen Eltern und Kindern gibt, Toleranz, Förderung von Talent, wo bei ihm nichts als Opposition, Missverstehen, Kampf des Schwachen gegen die Starken gewesen war. Manchmal fand er, es sei Daniel zu leicht gemacht worden, mit seinen Begabungen zu spielen, er malte, schrieb, interessierte sich für Pädagogik, Soziologie, Geschichte, wusste im Beruf seines Vaters Bescheid, liebte das Theater, entwickelte Regieideen, hatte mit einer Schmalfilmkamera experimentiert, zudem war er ein guter Schwimmer, Skiläufer und Tennisspieler, aber dies alles schien er doch nur am Rande betrieben zu haben, neben der Hauptaufgabe, Kind seiner Eltern zu sein. An dieser Rolle hielt er immer noch fest, hier versagte sein Wirklichkeitssinn, er weigerte sich, erwachsen zu werden. Am deutlichsten wurde dies bei seinem Umgang mit der Haushälterin, die ihn vom ersten Augenblick an fanatisch liebte; nie war die Rede davon, dass er nicht bleiben dürfe, der kranke Mijnheer schien nicht mehr wichtig zu sein, Daniel war ihr Kind und sie seine Mutter; er ließ sich von ihr verwöhnen, nannte sie seine Nonnitschka und ertrug mit erstaunlicher Geduld ihre Zärtlichkeit.

Mit der gleichen Leidenschaft, mit der er Gespräche führte, las Daniel. Shakespeare, Goethe und Thomas Mann, Kriminalromane, Dostojewskij, Rilke, Proust, Homer, Marx, Hegel und Nietzsche, Zeitungen, die kleinen vierseitigen des Widerstandes, die Miep brachte, und die großen Deutschen, mit den halbwahren Nachrichten und den schwülstigen Reden. Er las, ohne müde zu werden, einer, der weiß, dass er nicht viel Zeit hat, einer, der etwas über die Welt erfahren will, über das Leben, und keine andere Möglichkeit hat als durch das gedruckte Wort. Hunger nach Liebe, nach Abenteuer, fremden Ländern, großen Städten, Meer und Wiesen, Nachtlokalen, Kinos, Theatern, Konzerten, nach andern Klängen, andern Gerüchen, andern Farben, Hunger nach Erleben, ein Gefräßiger, von Gier geschüttelt, der beim Essen nach neuer Nahrung schreit und sich vollstopft mit Ersatz. Andreas hielt das Eisenkreuz umklammert. Tränen liefen ihm übers Gesicht. Seit Kriegsende hatte er nicht mehr geweint.

Es erleichterte ihn nicht. Nichts erleichterte. Die milden Gespenster, Onkel und Tante, waren längst von dem Dämon verdrängt, der ihn bei wachem Bewusstsein verfaulen ließ.

Es gab keine Flucht mehr in die Illusion wie zu jener Zeit des illegitimen Glücks, in der er die schmale Insel, auf der er mit Daniel hauste, vor dem reißenden Strom des Krieges gesichert glaubte.

Er weinte verzweifelter.

Nein, sagte Susanne mit ungerührten Augen.

Da hörte er auf zu weinen.

Las die Namen der Patrioten und aus Zufall Hineingestolperten, denn man wusste, dass auch ein gerade festgenommener Schwarzhändler und ein alter Herr, der seinen Ausweis zu Hause vergessen hatte, dabei gewesen waren. Erschossen, weil ein SS-Führer bei einem Attentat einen Streifschuss am Arm davongetragen hatte.

Er suchte nach Daniels Namen, obwohl er wusste, dass er nicht hier stand. Irrsinnige Hoffnung, ihn doch zu finden. Für den Juden, der Widerstand leistete, gab es nicht die Gnade des schnellen Todes. Ein Jude gehört ins KZ.

Er dachte nicht weiter. Seit Jahren reagierte sein Selbsterhaltungstrieb, wenn sich sein Denken Daniel im KZ näherte.

Stattdessen fragte er sich: Was wäre aus Daniel geworden?

Frage ohne Antwort. Daniel war siebzehn, würde immer siebzehn bleiben. Ohne die mordenden

Hände der Folternden wäre er der Folter anheimgefallen, ein Mann zu werden. Ausweglosigkeit. Er weinte wieder. Der Wind wehte. Über ihm schrien die Möwen.

Die Trambahnen kamen nicht mehr, doch die Deportationen gingen weiter. Man hatte sich etwas Neues einfallen lassen, brachte die Juden zu einer Sammelstelle, einem alten, heruntergekommenen Theater (Repertoire: Volksstücke und Schwänke), und schickte sie, wenn man genug zusammenhatte, in Polizeiwagen zu einer Verladerampe weit vor der Stadt.

In der Beethovenstraat waren die Nächte still. Ab und zu fuhr ein Auto vorbei, manchmal hörte man Schritte und lauschte. Waren es Tritte von Schaftstiefeln, verharrte man, ohne sich zu bewegen, vor Angst erstarrt. Oft gab es Luftalarm, die Flak schoss, die Maschinen, die nach Deutschland flogen, summten in großer Höhe. Dann wieder Sirenen und Stille. Die Stille verscheuchte den Schlaf, sie am allermeisten. Sie senkte sich über die Welt, eine große Täuschung, und verschlang Mord, Totschlag, Schmerzensschreie und das Toben der Schlachten.

Er wartete auf das, was kommen würde, die Zeit war über ihn hereingebrochen, er war wieder dazu verurteilt, Zeuge zu sein. Miep musste erzählen, ihm direkt, er quetschte sie aus, und ihr »die Deutschen haben« traf ihn nicht mehr. Alles wollte er wissen, was, wo, wann, wie viele tot, wie viele verhaftet, wie viele weggeschickt? Aber auch das reichte nicht, er musste selbst sehen, machte sich auf den Weg, ging durch die Euterpestraat, wo in zwei einander gegenüberliegenden Schulen das Hauptquartier der Gestapo und die »Zentralstelle für jüdische Auswanderung« untergebracht waren. (Auswanderung, das ist Deportation, Arbeitseinsatz, das ist KZ, Osten, das ist das Nichts.) Zwei Schulen mit großen Glasfenstern, bunten Mosaiken, moderne und solide Gebäude, mehr war nicht zu sehen. Vor der Hollandschen Schouwburg, der Sammelstelle im Judenviertel, hielt ein SS-Mann Wache; die Mütze schief auf dem Kopf, schaute er den Mädchen nach, zündete sich eine Zigarette an, lehnte sich an die Mauer, schlug ein Bein über das andere und pfiff einen Schlager.

Nein, der stand nicht auf Wache, war nur aus dem Haus gekommen, um ein wenig Luft zu schöpfen, drückte sich vor der Arbeit und betrug sich wie jeder gut aussehende Zwanzigjährige. Mit Krieg und Vernichtung hatte das nichts zu tun. Es war schwer, Zeuge zu sein, wo nichts geschah. Einmal fuhr in der Stadt ein Wagen mit Gefangenen an ihm vorbei, es waren Arbeiter; sie saßen auf Querbänken, die Hände in den Schoß gelegt. Bewacht wurden sie von zwei Soldaten mit aufgepflanztem Gewehr. Warum wehrten sie sich nicht, vierzig gegen zwei, flüchteten nicht, schlugen ihre Aufpasser nicht zusammen?

Was für eine magische Gewalt hat ein Gewehr über den Menschen?

Hatte er sich vorgestellt, dass man aus solcher Zeugenschaft in Zukunft etwas würde machen können? Dass er der Einzige sei, der schreiben konnte und Bescheid wusste? Es gab Berichte von Leuten, die im KZ gewesen waren, die man gefoltert und zum Tode verurteilt hatte, Tagebücher von KZ-Kommandanten, von Untergetauchten, Widerstandskämpfern, Offizieren, Ungeformtes und Geformtes, Stöße von Akten, letzte Briefe, Tatsachenberichte, mitstenografierte oder auf Tonband aufgenommene Aussagen vor Gericht, Romane, Novellen, Gedichte, Hörspiele, Theaterstücke, Filme. Am Anfang wollte sie niemand sehen, hören, lesen; schon wieder Krieg, schon wieder Verfolgung, schon wieder Bombennächte, so lange vorbei; und erst als es noch länger vorbei war, gewöhnten sich die Leute daran, nahmen alles zur Kenntnis, ein wenig erstaunt, ein wenig angewidert, ja, so ist es gewesen, entsetzlich, wie bei den Römern, wie im Mittelalter, nie ändert sich die Welt, wie grausam waren die Franzosen zu den Algeriern, wie schlecht haben es die Neger in Amerika. Bewandert, gebildet, kulturpessimistisch, ordneten sie alles, was sie erfuhren, in Kartotheken ein, für die Wissenschaft, für die Nachwelt, für Doktorarbeiten im Jahre 3000. Ärzte vor dem Phänomen Krebs, den sie bekämpften, so gut es ging, keine Liebenden, die sich mit einem Schrei über den zerfressenen Körper des Geliebten werfen. Sie nahmen hin, es gab nichts, was hinzunehmen sie nicht bereit waren, auch die Angst vor der Bombe, auch das Wissen um den manipulierten Menschen. Damit konnten sie leben und glücklich sein, die Tauglichen alle. Er aber tappte umher im Dunkeln, und was er anfasste, war aus Watte, konturenlos.

Vor sich auf dem unzulänglichen Hotelzimmertisch hatte er das Notizbuch von damals liegen und las:

In Rotterdam Razzia auf junge Holländer, die als Arbeiter nach Deutschland geschickt werden. 540 gefasst.

Im Haag 22 Bibelforscher verhaftet. Nach Buchenwald geschickt.

Als Vergeltung für die Ermordung eines SD-Mannes eine Villa in der Apollolaan niedergebrannt. Die Bewohner haben 10 Minuten Zeit, das Haus zu verlassen.

Professor S., Jude, ehemals Ordinarius für Mathematik, nimmt Gift, als er geholt werden soll. Die Frau wird von dem Sterbenden weggeschleppt.

K.A., eine Freundin Mieps, versucht zusammen mit ihrem Bruder auf dem Rad zu fliehen, als sie beim Austragen illegaler Zeitungen von Grünen gestellt werden. Ein Schuss zerschmettert ihr beide Kniescheiben. Dem Bruder gelingt die Flucht. Das Mädchen bleibt 6 Stunden auf der Straße liegen, ohne dass ihm jemand zu Hilfe kommen darf.

Obersturmbannführer A.d.F. nimmt seine holländische Freundin mit in die »Schouwburg«, um ihr die internierten Juden zu zeigen.

Kranke Juden werden nach besonderen Listen geholt. Heute vier tot, bevor sie den Zug erreichen. Die Leichen werden mit abtransportiert.

L.M., ein Arbeiter, hatte zwei jüdische Kinder bei sich versteckt. Vor einem Monat verhaftet, weggebracht, unbekannt wohin. Jetzt bekommt seine Frau die Todesnachricht aus Sachsenhausen.

Frau D., eine Kollegin Sabine Lissers, die für den Jüdischen Rat in der Schouwburg arbeitet, kommt und bittet, ob wir ihr *Krieg und Frieden* besorgen können. Zum ersten Mal (und sie arbeitet dort seit Monaten) hat ein festgenommener Jude (Neunzehnjähriger) den Wunsch nach einem Buch geäußert. (Sie erzählt, was für Dinge die Verhafteten, meist aus der eigenen Wohnung, haben wollen, darunter Teeservice, Kanarienvögel, kostbare Pelzmäntel und Toaströster.) Ich besorge *Krieg und Frieden*; als Frau D. am nächsten Morgen in die Schouwburg kommt, ist der Junge auf Transport gestellt.

Alle Insassen der jüdischen Nervenklinik im Apeldoornschen Bosch werden verschickt. Da der Platz in den Güterwagen nicht ausreicht, werden die 1300 Patienten (unter ihnen viele Gesunde, die ein Irrenhaus für einen sicheren Untertauchplatz hielten) übereinandergestapelt.

Der kommunistische Arzt Dr. G. schlägt während des Verhörs mit den gefesselten Händen einen Gestapomann nieder und stürzt sich aus dem Fenster des vierten Stockes. Sofort tot.

Der jüdische Fotograf B. hat sich über ein Jahr lang als Gestapomann getarnt und der Untergrundbewegung wichtiges Material geliefert. Wird verraten. Bei seiner Verhaftung erschießt er zwei SD-Leute und dann sich.

Zweihundert jüdische Waisenkinder deportiert.

Miep bringt einen Aufruf zum Arbeitseinsatz (jemand vom Jüdischen Rat hat ihn aus der Schouwburg entwendet). Der holländische SD-Mann, der den Juden, für den er ausgestellt war, einlieferte, hat darauf notiert: »Noch zwei andere in freier Jagd.« Darunter sind neun Gulden quittiert. Sie bekommen also für jeden Juden drei Gulden.

Alles Dinge, die er vom Hörensagen wusste, nur das abgebrannte Haus hatte er gesehen.

Er blätterte im Notizbuch. Endlich fand er etwas, das er selbst mitangehört hatte.

Bei D.G.

Daisy Goedhart, die Veilchenäugige. Sein erster Besuch bei ihr. Einladung zum Cocktail, Dienstag um halb sechs. Aus ihren Blicken schloss er, dass er mit ihr allein sein würde. Aber als ein Mädchen im schwarzen Kleid, mit weißer Schürze und Spitzenhäubchen ihm die Tür öffnete (endlich kommst du einmal zu anständigen Menschen, hätte Mama gesagt), hörte er von drinnen Lärm, Lachen und Kreischen. Er wollte schon wieder weg, da kam Daisy herausgelaufen und zog ihn ins Zimmer, helle Schreie ausstoßend, er war ihre Beute, sie stellte ihn stolz zur Schau.

Das Zimmer, im Geschmack der Jahrhundertwende, dunkel, überladen, ein schwerer holländischer Schrank mit Delfter Porzellan hinter Glas, Landschaftsbilder und Stillleben an den Wänden; große, unverrückbare Möbel, reich geschnitzt, auf Perserteppichen. Stehlampen mit Brokatschirmen, von der Decke hing ein Kronleuchter aus venezianischem Glas.

Daisy hatte ihn losgelassen, er stand verloren herum, der Rauch schmerzte die Augen; ein blondes, stark geschminktes Wesen drückte ihm ein Glas Sekt in die Hand und sagte versoffen: »Prost.«

Es wurde deutsch und holländisch durcheinandergesprochen, ein deutscher Offizier knutschte mit einem Mädchen, die anderen waren alle Zivilisten, fünfzehn oder zwanzig Menschen, ein großer rotgesichtiger Mann presste ihm die Hand, dass es wehtat, und sagte, er freue sich, ihn kennenzulernen; wahrscheinlich war es der Hausherr, vorgestellt wurde nicht. Als sich niemand mehr um ihn kümmerte, setzte er sich auf ein Sofa neben einen Mann, der seinen Namen so nuschelte, dass er ihn nicht verstand, deshalb nannte er ihn in der Aufzeichnung am nächsten Morgen Herr X.

Herr X war untersetzt, jovial, ein gutmütiger Onkel, der Tüten mit Zuckerwerk in der Tasche trägt für die lieben Neffen und Nichten. Herr X hatte kein Gesicht, obwohl man natürlich Augen, Nase und Mund bei ihm feststellen konnte, aber sooft man hinsah, schienen sie untereinander verschoben zu sein, ausgedehnt oder zusammengedrückt. Herr X besaß, wie er ausführlich erzählte, eine chemische Fabrik in Wuppertal. Aber in allererster Linie sammelte Herr X Briefmarken und sagte Sätze wie: »Sammeln ist schon im Allgemeinen ungemein erzieherisch, fördert die Konzentration und härtet den Charakter. Sammeln von Briefmarken im Besonderen erschließt die Welt, weckt das Interesse für andere Länder, bildet, übt das Auge und hebt das Kunstverständnis. Sammler sind duldsame Menschen.«

Ein grauhaariger, schäbig gekleideter Holländer gesellte sich zu ihnen, setzte sich auf einen der viel zu großen Stühle, aber nur auf die Kante, als wolle er jeden Augenblick wieder aufspringen, mit der linken Hand hielt er ein Glas, mit der rechten eine Flasche Sekt, aus der er das Glas immer wieder vollgoss. Er sah aus wie ein Steuereinnehmer (wie man sich eben einen Steuereinnehmer vorstellt, subalterner Beamter mit Lust am Halsabschneiden), war aber, wie sich bald herausstellte, Briefmarkenhändler.

Die beiden Männer führten, die Köpfe nahe zusammen, doch ungeniert durch seine Gegenwart, das am nächsten Morgen aufgezeichnete Gespräch.

Händler: Wären Sie an der Sammlung Samuel Guggenheim interessiert?

Herr X: Ob ich daran interessiert wäre? Machen Sie keine Witze. Ist noch immer eine der besten Sammlungen, die es gibt. Etwas, wovon unsereiner nur träumen kann. Der alte Guggenheim war vielleicht der größte Experte, den wir hatten. Ist er nach Holland emigriert? Man hat mir erzählt, nach Amerika. Nun ja – seine Sache. Amerika wäre wahrscheinlich besser für ihn gewesen. Er will doch wohl nicht verkaufen?

Händler: Ich glaube nicht, dass der Guggenheim verkaufen *will*.

Herr X: Nun also, was soll das Gerede?

Händler: Es ist kein Gerede. Oder glauben Sie, ich will Sie zum Narren halten? Sehr wahrscheinlich kann ich Ihnen die Kollektion verschaffen. Wollen Sie einsteigen?

Herr X: Selbstverständlich. Was für 'ne Frage. Ich weiß nicht, was ich lieber täte. Aber die Sache klingt doch ein bisschen komisch. Der Guggenheim will nicht verkaufen und verkauft doch. Was soll das heißen? Ich möchte immer, dass alles hübsch anständig zugeht. Ist der Guggenheim denn in Schwierigkeiten?

Händler: Was soll ich Ihnen darauf antworten? Heutzutage – ein Jude!

Herr X: Ja freilich. Das habe ich erst gestern hier erfahren, dass man jetzt auch in Holland so gegen die Juden vorgeht. Trotzdem – ich sage immer, die Juden sind auch Menschen.

Händler: Wie man es nimmt. Aber lassen wir den Guggenheim aus dem Spiel. Der Guggenheim hat nichts mehr zu melden. Er wird überhaupt nicht erfahren, was mit seiner Sammlung geschieht.

Und ich schätze, es wird ihm auch ziemlich gleichgültig sein.

Herr X (im Tone ehrlichen Bedauerns): Ach. Ich verstehe. Man hat ihn schon weggebracht.

Händler: Noch nicht. Wenn der Guggenheim erst einmal weg ist, ist die Sammlung für uns futsch. Da warten schon viele darauf. Aber nur keine Bange. Wir werden das Kind schon schaukeln. Die Sache muss nur richtig eingefädelt werden.

Herr X: Ich verstehe nicht, wie Sie das meinen.

Händler: Zug um Zug. Erst das eine, dann das andere.

Herr X: Das eine? Das andere?

Händler: Erst sagen wir, dass wir die Sammlung wollen. Dann wird der Guggenheim mit seiner Familie abgeholt.

Herr X: Wer ist wir? Sie und ich? Oder sind da noch andere Leute beteiligt?

Händler: Natürlich. Allein kann ich das nicht. Aber Sie haben es nur mit mir zu tun.

Herr X: Ist es denn sicher, dass er geholt wird?

Händler: Wer? Der Guggenheim? So sicher, wie sagt man doch gleich auf Deutsch – wie das Amen in der Kirche.

Herr X: Und wie erfahren Sie den Zeitpunkt?

Händler: Den erfahre ich nicht, den bestimme ich. Und da Sie gerade hier sind, wäre es am besten, wir machten die Sache gleich. Noch heute Abend.

Herr X: Nein, nein, nein. Da mache ich nicht mit. Auf keinen Fall.

Händler: Es ist doch völlig gleichgültig, ob er ein paar Wochen früher oder später fortmuss.

Herr X: Nein, nein.

Händler: Vielleicht sind es ja auch nur ein paar Tage. Es gibt nicht mehr viele Juden in Holland. Möglicherweise käme er auch ohne unser Zutun schon heute oder morgen weg.

Herr X: Dann können wir doch auch warten.

Händler: Wie oft soll ich Ihnen sagen, dass ich dann nicht mehr an die Sammlung 'rankann. Wir müssen den Stein ins Rollen bringen.

Herr X: Ohne mich. Ich tue so etwas nicht.

Händler: Wollen Sie die Sammlung haben? Ja oder nein?

Herr X: Natürlich will ich sie haben. Aber nicht so.

Händler: Anders geht es nicht. Darf ich vielleicht noch erwähnen, dass Sie die Kollektion ungewöhnlich billig bekommen werden. Ich schätze, so ungefähr die Hälfte des wirklichen Wertes.

Herr X: O Gott, o Gott. Aber ich kann nicht. Unmöglich.

Händler: Sie brauchen ja auch nicht zu können, ich besorge alles allein.

Herr X: Warum haben Sie es mir nur erzählt? Warum sind Sie nicht gekommen und haben einfach gesagt: Hier ist die Sammlung Guggenheim?

Händler: Sie sind gut. Werter Herr, es ist Krieg, die meisten Leute haben keine Lust, zu kaufen, neun Zehntel meiner Kunden waren Juden. Leider verfüge ich nicht über genug Kapital, um die Sammlung zu übernehmen. Was wäre, wenn ich drauf sitzen bliebe?

Herr X: Aber das bleiben Sie ja nicht. Ich will sie doch.

Händler: Na, sehen Sie, das klingt schon besser.

Herr X: Sie meinen tatsächlich, er könnte auch ohnehin heute oder morgen schon wegkommen?

Händler: Oder übermorgen oder spätestens in ein paar Wochen. Ist doch für den Guggenheim kein großer Unterschied. Aber für uns.

Herr X: Weiß man eigentlich, wo die Juden hinkommen?

Händler: Zum Arbeitseinsatz nach Deutschland. Schadet ihnen doch nichts, wenn sie auch einmal lernen, was arbeiten heißt.

Herr X: Der Guggenheim ist ein alter Mann. Und war schon vor zehn Jahren schwer herzleidend.

Händler: Dann wird er wohl kaum arbeiten müssen. Es gibt schließlich auch Altersheime.

Herr X: Altersheime auch? Das ist ja erfreulich. Wissen Sie, von diesen Dingen hören wir in Deutschland so wenig. Also, in Gottes Namen.

Händler: Jetzt müssen Sie mir nur noch sagen, wie weit ich gehen darf.

(Sie stecken die Köpfe zusammen und flüstern.)

Sie mussten betrunken sein (alle in diesem Zimmer waren es), sonst hätten sie kaum so laut gesprochen, dass er es hören konnte; erst als es sich um Zahlen handelte, funktionierte die kaufmännische Vorsicht, an die sie gewöhnt waren.

Der kalte Schweiß stand ihm auf der Stirn, als er den Händler im Nebenzimmer telefonieren hörte. (»Jawohl, Herr Obersturmbannführer«, konnte er verstehen.) Herr X starrte auf seine feisten Hände und sagte klagend: »Man kommt sich fast vor wie ein Leichenfledderer.«

Andreas beugte sich vor: »Es geht hier nicht um Leichenfledderei, es geht um ...«

Eine Wolke von Parfüm verschloss ihm den Mund. Er murmelte das Wort »Mord« in eine warme Hand. »Idiot«, flüsterte sie, »denke an Daniel.«

Sie war klüger als er, gerissener. Er schwieg gehorsam, bewunderte sie, erst dann fiel ihm ein: Woher weiß sie etwas von Daniel? Miep, die van Lier, die einzig Eingeweihten, es war undenkbar, dass sie gesprochen hatten. Kann man keinem mehr trauen?

Er trank, erst Sekt, dann Wein, dann Kognak, immer wieder schob ihm jemand etwas zu trinken hin, er war es nicht gewohnt, langsam versackte er, das Zimmer löste sich auf. Herr X verschwamm, der Händler, zwei Riesenpranken hoben die Gläser und tranken sich zu. Andreas griff nach dem seinen: »Es lebe der Guggenheim!« Sie lachten und prosteten zurück: »Es lebe der Guggenheim!«

Daisy kam, bunter Stoff und Parfüm und blondes Haar, setzte sich auf die Sofalehne neben ihm und legte ihm die Hand auf die Schulter. Er drückte den Kopf an ihre feste Hüfte, lag wie in einem warmen Bad, entspannt, das Zimmer fing langsam an zu kreisen, aber es war nicht unangenehm, eher lustig, ein sehr sanftes, wiegendes Karussell.

Als ihm doch ein bisschen schwindlig wurde, machte er die Augen zu, bis sie sich so tief zu ihm beugte, dass ihr Haar ihn am Ohr kitzelte. »Komm. Du musst schlafen.«

Er stand auf, sie führte ihn, ohne Hilfe hätte er sich sofort wieder gesetzt. Der Gang in den ersten Stock erschien ihm als Bergbesteigung. Das Zimmer, in das sie ihn brachte, war dämmrig, nur vor einem Spiegel brannte ein rot abgeschirmtes Licht, sie zog ihm die Jacke aus, die Schuhe streifte er selbst herunter dann fiel er ins Bett, es war weich, roch nach Daisys Parfüm, sein Kopf lag auf Spitzen und Seide.

»Was weißt du von Daniel?«

»Später.« Sie küsste ihn auf die Stirn, mütterlich zart, das kranke Kind, das nicht zur Schule gehen muss, das im Bett der Mutter liegen und die Augen am hellen Tag zumachen darf.

Einschlafend hörte er die vertrauten Geräusche seiner Halsentzündungs- und Verdorbenen-Magen-zeit, Herunterlassen der Rollläden, Hin- und Hergehen, ein Buch wird weggelegt, ein Glas verrückt, als Neues kam eine frisch aufstäubende Wolke Parfüm dazu. Dann erwachte er zum ersten Mal in diesem Schlafzimmer, in diesem mit Schleifen, Rüschen und Wolkenstores ausstaffierten Wunschtraum einer eifrigen Kinogängerin, blinzelte in das sich bauschende Purpur des Betthimmels und sah, den Kopf wendend, auf dem Nachttisch einen melancholisch dreinblickenden fliederfarbenen Affen. Das Parfüm war stark und nah, Daisy sagte: »Es ist niemand mehr im Haus. Auch mein Mann ist fortgegangen.« Dann legte sie sich zu ihm.

Als der Abend wiederkehrte und die vulgäre Groteskheit des Zimmers, fragte er im Aufstehen: »Was weißt du von Daniel?«

Hatte er glauben können, dass sie nicht merke, es lebe in seinem Zimmer noch ein anderer Mensch? Da war sie zur ungewohnten Stunde zurückgekommen, »zur Ausgangszeit der van Lier, und auch du warst fort«, und zu ihm hineingegangen. »Ist er erschrocken?«

»Nur ein bisschen«, sagte sie und lachte zärtlich. Die Zärtlichkeit machte ihn stutzig. »Gefällt er dir?«

»Er ist ein schöner Junge.«

Das war alles. Mehr erfuhr er nicht, weder an diesem Abend noch später.

Erst kränkte es ihn, doch nach einiger Zeit fand er sich damit ab und begann sich auszumalen, dass zwischen diesen beiden, die er auf so verschiedene Art liebte, etwas gewesen war. In Wirklichkeit glaubte er es gar nicht, obwohl einiges dafürsprach. Daisys zärtliche Stimme und Daniels Verschweigen ihres Besuches. Daisys verweinte Augen, nachdem Daniel fort war. Seine Schönheit und ihre Sinnlichkeit.

Er war eifersüchtig und genoss die Eifersucht. Eifersüchtig auf einen Toten und auf eine, die viel weiter entrückt war, als wenn sie tot gewesen wäre, eine alternde bürgerliche Mevrouw, Witwe wahrscheinlich längst (ihr Mann war dreißig Jahre älter als sie), der schon vormals gefrönten Untugend des Kuchenessens nun völlig ausgeliefert.

Er zog aus seiner Brieftasche die beiden Bilder. Postkartenformat das von Daniel, Sabine Lisser hatte es aufgenommen, in der rechten unteren Ecke stand schnörkelreich und dumm ihr Name (ein Künstler signiert). Es war ein bisschen zu glatt, zu sehr auf Effekt beleuchtet, zu stark retuschiert. Daniel sah darauf aus wie ein Filmschauspieler in der Rolle des Daniel. Weicher als in Wirklichkeit, ohne die Ironie, die zu ihm gehörte, übertrieben melancholisch.

Im Format sechs mal neun saß Daisy auf einer Amateuraufnahme leicht verwackelt in einem geblümten Badeanzug lachend am Strand. Im Hintergrund ein graues Gewoge, das Meer. Von ihr war nicht mehr zu erkennen, als dass sie blond und rundlich war.

Nichts anderes hatte er mehr von ihnen als zwei Fotos. Verschwommen und retuschiert. Er war auch für seine Liebe ein schlechter Zeuge.

Der Zug fuhr vom Haag nach Amsterdam, ungeheizt und dunkel durch die Nacht. Es schneite. Von Zeit zu Zeit suchten Scheinwerfer den Himmel ab.

Um ihn herum unterhielt man sich. Allmählich begann er die Sprache zu verstehen. Die Unterhaltungen drehten sich alle um das Gleiche. Wo kann man noch Lebensmittel bekommen? Über anderes trauten sie sich in der Bahn nicht zu sprechen. Aber auch ohne dass sie es sagten, klang der Hass auf die Deutschen mit.

Müde drückte er den Kopf ans glatte Holz. Erschöpft von der Liebe. Verkatert vom Trinken. Mit schlechtem Gewissen, dass er Daniel so lang allein gelassen hatte. Ungeduldig, weil der Zug so langsam fuhr und die Heimkehr verzögerte.

Er malte sich diese Heimkehr aus. Das Zimmer ist warm, Daniel schläft, er macht kein Licht, um ihn nicht zu wecken, schnell zieht er sich aus und geht ins Bett. Nie hat er sich vorstellen können, mit einem anderen Menschen im selben Raum zu schlafen. Jetzt ist es ihm selbstverständlich. Sein Zuhause.

Mit Daniel und den kopflosen Vögeln und dem Südseeramsch. Sogar die beiden Masken hängen wieder an der Wand, Daniel findet, sie seien ein Riesenspaß. Das Spitzendeckchen auf dem Tisch. Das Messingbett. Das grüne Sofa mit dem fleckigen, zerschlissenen Stoff. Daniels Lehnstuhl, dunkelrot bezogen, zwei geschnitzte Löwenköpfe am Ende der Armlehnen. Das stimmt alles zusammen, ist gut und richtig. Sein Zimmer in München könnte in jeder Zeitschrift für Innenarchitektur bestehen, Zimmer des Sohnes, Zimmer des jungen Dichters, der große Schreibtisch, spiegelnd und aufgeräumt, der Barockschrank, die vielen Bücher, wohlgeordnet, mit einem Griff findet man das Gewünschte, die breite dunkelgraue Couch, zwei technische Lampen, nach allen Seiten zu biegen, das Positanobild, das Hans gemalt hat, als sie zusammen dort waren, das Stück griechischer Vase, das er in Segesta gefunden hat. Die von Mama hingestellten, immer frischen Blumen. Kein Stäubchen, kein Flecken. Blick in den Garten. Wie schön, sagen die Besucher, hier lässt sich leben. Sie irren. Zwar ist es kein Ort für Albträume, und wahrscheinlich meinen sie das bei ihrem Lob, da sie doch alle so beflissen sind, Albträumen zu entkommen. Aber es ist auch kein Ort für Träume. Und schon gar keiner, an dem ein Mädchenlachen hängen bleibt.

Leise, auf Zehenspitzen betrat er die Wohnung, vorsichtig drückte er die Klinke der Zimmertür nieder. Es brannte Licht. Daniel stand missmutig und übernächtigt am Fenster, in Daniels Lehnstuhl saß rauchend, die Beine übereinandergeschlagen, das Schleierhütchen auf dem Kopf, Sabine Lisser.

»Spät kommt er, doch er kommt«, rief sie ihm entgegen. »Und weiß gar nicht, dass er 'ne waschechte Razzia versäumt hat. Aber diesmal bin ich hübsch brav gewesen und ganz von alleine heruntergekommen. War auch sehr nötig, sie haben meine Wohnungstür aufgebrochen und alles durchsucht. Nicht einmal die Juffrouw van Lier findet, dass ich wieder hinaufgehen kann. Somit wäre der Würfel gefallen. Hier bin ich, hier bleibe ich.«

Hier war sie, hier blieb sie. Sie wucherte über die Wohnung. Verspritzte ihr Gift. Zerstörte die Nerven, redend von früh bis spät.

Miep verschaffte ihr einen neuen Untertauchplatz. Sie weigerte sich, hinzugehen. Bei fremden Menschen fühle sie sich nicht sicher. Ob die andern die Verantwortung auf sich nehmen könnten, wenn ihr etwas passiere? Die andern konnten es nicht. Untergetauchte waren sakrosankt. Was nicht ausschloss, dass sie zuweilen als billiges oder vielmehr noch dazuzahlendes Hauspersonal verwendet wurden, von Leuten, die leidenschaftlich gern Antisemiten gewesen wären und es nur darum nicht sein konnten, weil es zum guten Ton gehörte, dass holländische Nationalisten über alles anderer Meinung zu sein hatten als der verhasste Feind. Solchen Sabine auszuliefern war unmöglich. Vielleicht hätten die van Lier und Miep es trotz allem getan, ihn aber hinderte sein deutscher Schuldkomplex.

Daniel hasste Sabine, Daniel war krank vor Hass. Aber auch er musste sie hinnehmen. Verfluchte Solidarität. Man hätte sie wegschicken sollen. Zu anderen Leuten. Oder einfach auf die Straße. Was geht diese Frau uns an?

Ihre Stimme (Blechtrompete, Feile auf Glas) den ganzen Tag. In aller Frühe schlurfte sie in Schlafrock und Pantoffeln durch die Wohnung. »Guten Morgen, ihr lieben Leute.« Immer der gleiche Beginn. Die ersten Spritzer des Sturzbaches, der folgte. Sabines Träume, Sabines Schlaflosigkeit, Sabines große Nachterlebnisse, Sabines Hunger, Sabines Sättigung, Sabines Freude über das schöne und Sabines Ärger über das schlechte Wetter, Sabines Hass auf die Nazis, Sabines Abscheu vor Holland, Sabines Meinungen und Gedanken über den Krieg und den Bäckerjungen, die Krankheit des Kolonialbeamten und Mieps Frechheit, die alten Niederländer und Radio Oranje, Sabines Erinnerungen an Kassel, Sabines Erfolge, Sabines Kunst. Das hörte nicht auf, bis sie spät am Abend den lockengewickelten Kopf noch einmal hereinsteckte: »Gute Nacht, ihr lieben Leute. Schlaft gut, träumt süß.« Andreas konnte fliehen, aber Daniel war ihr ausgeliefert ohne Gnade.

Daniels Glanz erlosch. Die Zeitungsartikel wurden matt und witzlos. Noch seltener als zuvor stand er von seinem Lehnstuhl auf. Blinzelte mit den stumpf gewordenen Tieraugen in die Sonne, die vormittags durchs Fenster schien. Augen wie von einem Hund, der bettelt, mit auf die Straße zu dürfen, jedes Mal muss man Nein sagen. Nein, nein, nein.

Nur Miep brauchte nicht Nein zu sagen. Sie erzählte vom Widerstand, nüchtern, ohne auszuschmücken, und sich wohl selbst nicht bewusst, wie sehr sie gerade dadurch lockte und verführte. Vom Warten auf nächtlichen Wiesen, bis das Flugzeug aus London kam, das gefälschte Ausweise brachte und einen holländischen Passagier mit hinübernahm; vom Kriechen über Böschungen bis zu den Brücken, an denen Sprengladungen befestigt wurden; von Überfällen auf Standesämter, mit dem Ziel, die Akten in Flammen aufgehen zu lassen; von Mädchen, die als Putzfrauen getarnt in deutschen Dienststellen spionierten, von Jungen, die als Scharfschützen ausgebildet zu jedem Attentat bereit waren. Indianergeschichten, voll kindlicher Romantik, niemand, der sie anhörte, konnte im Zweifel sein, welche Dilettanten hier Krieg spielten und Menschenleben riskierten. Am allerwenigsten Daniel, der Skeptische, der sich zu dem Versuch entschlossen hatte, sich zu retten, in seinem Lehnstuhl zu überdauern, passiven Widerstand zu leisten, indem er nicht hinging und sich abschlachten ließ, wie es für ihn und seinesgleichen bestimmt war. Noch bettelten seine Augen Miep nicht an, ihn mitzunehmen, sie blickten, wenn sie da war, streng und ernst, er kämpfte mit sich selbst, war hart mit sich und bat um nichts. Aber es war doch nicht zu übersehen, dass er von Tag zu Tag unruhiger wurde und immer weniger Kritik an Mieps Erzählungen äußerte.

Die Lisser war es nicht allein, die ihn wegtrieb aus seiner Sicherheit, wenn er sich ohne sie vielleicht auch länger hätte zusammennehmen können. Seine Nerven machten nicht mehr mit, die freiwillige Verbannung in den Lehnstuhl wurde zur Qual, das Bewusstsein, dass seine Altersgenossen in der ganzen Welt gegen Deutschland kämpften. Er sagte es nicht, er sagte überhaupt kaum mehr etwas, das Dauergespräch war abgerissen, auch in den Nächten, wenn sie allein waren, schwiegen sie.

Andreas haderte mit dem Jungen, fand ihn quengelig und undiszipliniert. Im Grunde hatte Daniel es gut, weit besser als die meisten Untergetauchten. Natürlich störte Sabine, aber ein Opfer musste jeder bringen in dieser Zeit. Er selbst auch, er hatte seine Arbeit zurückgestellt, um Daniel zu retten. (Glaubte er es wirklich?)

Immer öfter fuhr er zu Daisy, seiner guten Geliebten, dem kleinen Luder mit dem partiellen Verstand, der nicht ausreichte, das Ganze zu erfassen, die Tragik des Krieges und der Besatzung (»Wer hat schon etwas davon, wenn ich traurig bin?«), der jedoch im Täglichen erstaunlich funktionierte. Verräterin würden die Holländer einmal sagen, Kollaborateuren, deutsche Hure, ihr möglicherweise die Haare abschneiden und sie einsperren, weil sie nett zu den deutschen Offizieren war, von denen sie sich das Chanel aus Paris bringen ließ.

Ohne dies Parfüm (viel zu viel davon) behauptete sie nicht existieren zu können; wahrscheinlich hatte sie gelesen, dass es bei den großen Damen in Paris Mode war, und eine Grande Dame zu sein war ihr heißester Wunsch. Sie war es nicht und würde es nie werden. Große Damen haben Haltung und Charakter. Das hatte sie nicht, dafür konnte man Pferde mit ihr stehlen. Und sowenig Gefühl sie für das Schickliche hatte, so viel für das, was im Augenblick zu tun das Richtige war.

Sie war nicht damit einverstanden, dass die Lisser nun auch in der Wohnung ihres Vaters hauste, doch viel zu gutmütig, um sie hinauszuwerfen. Und so blieb Sabine, schlief weiterhin im Zimmer der van Lier, das ihr großmütig abgetreten worden war, aber sie nannte es verächtlich eine Kammer, damit manifestierend, dass ihr niemand zumuten könne, sich während des Tages dort aufzuhalten, sodass ihr einfach nichts anderes übrig blieb, als in Andreas' Zimmer zu sitzen. (»Obwohl ihr mir entsetzlich auf die Nerven geht, meine Lieben. Dieser Flegel ist ja nicht einmal bereit, seinen bequemen Stuhl zu räumen, um einer Dame Platz zu machen.«) Die Haushälterin hatte ihr Lager im Wohnzimmer aufgeschlagen, das nur durch eine Schiebetür vom Schlafzimmer des Kolonialbeamten getrennt war. Mijnheer bekam erzählt, dass sie auf diese Weise besser imstande sei, auch während der Nacht für ihn zu sorgen. Er hatte die Sorge nötig, der arme todkranke Mann, der immer schwächer wurde, immer entrückter (wie Daisy berichtete, wenn sie mit jetzt meist feuchten Augen vom Vater kam), sodass nicht anzunehmen war, er werde erfassen, was in seiner gutbürgerlichen Wohnung, der die indonesischen Souvenirs den fatalen exotischen Anstrich gaben, vor sich ging.

Ein paarmal fragte er doch, unruhig aus dem Halbschlaf auffahrend und von Husten geschüttelt, was die Stimmen, die Schritte im Gang zu bedeuten hätten, aber die van Lier verstand es offenbar, ihn zu besänftigen und mit einem Seufzer zu sagen, den sie bei ihrer Erzählung laut und mit unerwartet komödiantischem Talent wiederholte, dass der Zimmerherr, den aufzunehmen man durch eine Verfügung der Deutschen gezwungen gewesen war, schon wieder Besuch habe.

Eines Morgens, als sie wie immer Punkt acht Uhr sein Zimmer betrat, das Frühstückstablett geschickt vor dem Busen balancierend, fing sie zu schreien an, heftiger und schriller, als man es ihrem beherrschten Temperament hätte Zutrauen können.

Alle drei kamen sie angestürzt, Sabine, Daniel und Andreas, zum Löschen bereit, denn es klang, als stünde die van Lier in Flammen.

Er sah seinen Wirt zum ersten Mal. Ein graues, struppiges Altmännergesicht, das seltsam klein, mit spitzer Nase, herabhängendem Unterkiefer und gebrochenen Augen, von denen nur noch Gelbes zu sehen war, in den weißen Kissen lag. Der Kolonialbeamte war tot.

»Schreien Sie doch nicht so, Sie hetzen uns ja die Nachbarn auf den Hals«, sagte Sabine und hatte diesmal ohne Frage recht, das begriff auch die van Lier und hörte augenblicklich auf. Sie ließ sich, am ganzen Leibe zitternd, was ein geräuschvolles Stakkato des Korsetts zur Folge hatte, in einen Stuhl fallen, riss sich die Nickelbrille vom Gesicht und schluchzte lautlos vor sich hin.

Sabine meinte, man müsse den Arzt und ein Beerdigungsinstitut benachrichtigen. »Ich bin, Gott sei es geklagt, eine Waise und kenne mich in solchen Situationen aus«, aber die van Lier hatte sich eingeschlossen, in ihr eigenes Zimmer diesmal, und da niemand sonst des Arztes Adresse wusste, noch ob der Verstorbene besondere Wünsche für seine Bestattung hinterlassen hatte, unterblieben die Benachrichtigungen, was sich schon bald als glückliche Fügung herausstellte.

Denn Daisy, von Andreas telefonisch herbeigerufen, in Schwarz und sich dadurch selbst entfremdet, wenn auch nicht weniger reizend, sagte, nachdem sie eine Viertelstunde allein bei dem Toten verbracht hatte und mit rot geweinten Augen in Andreas' Zimmer kam: »Das ist eine schöne Bescherung. Was machen wir jetzt?«

Sie blickten sie verständnislos an, erst langsam dämmerte ihnen, was sie meinte. Keiner hatte bisher daran gedacht, dass durch den Tod des Kolonialbeamten der Mietvertrag erloschen war; allenfalls würde Andreas darauf bestehen können, sein Zimmer zu behalten, aber was nützte es ihm, als Untermieter bei Fremden?

Ohne dies Zimmer war Daniel verloren. Andreas wusste, dass sie beide nicht genug Kraft hatten, um das Leben vieler Untergetauchten zu führen, die von einer Behausung zur anderen wechselten, immer auf der Flucht, auf das Wohlwollen Unbekannter angewiesen.

Das sei doch ganz einfach, er werde die Wohnung eben selbst mieten, versicherte er unbekümmerter, als er war, und überschlug in Gedanken die Summe, die er von Mama erbitten musste, um zurechtzukommen. (Die Devisenbestimmungen zu umgehen war nicht schwer.) Gleich aber wurde er von der van Lier belehrt, dass der Hausherr die Wohnung nicht hergeben werde, »nicht einmal uns, und einem Deutschen schon gar nicht« – voll Ungeduld warte er auf das Ableben ihres Herrn, habe sie höchst taktlos schon dreimal gefragt, wie lang es noch dauern könne; er brauche die Wohnung für seine Tochter, die, jung verheiratet, kein Unterkommen habe.

Sie schwiegen alle, selbst Sabine hatte es die Sprache verschlagen, Daniel blickte melancholisch auf seine Hände, ein leichtes Lächeln um den Mund, und benahm sich, als ginge ihn das alles nichts an.

Andreas fühlte sich hilflos, ärgerte sich darüber, stand auf, nahm einen der Pfeile von der Wand und brach ihn entzwei. »Da«, sagte er und legte die Teile der van Lier in den Schoß. Dann setzte er sich wieder, um nichts erleichtert.

»Niemand darf erfahren, dass er gestorben ist«, sagte Daisy schließlich. »Wir müssen die Leiche wegschaffen.«

Das klang nicht zart besaitet oder kindlich liebevoll und entlockte Sabine die Bemerkung: »So etwas tut man doch nicht«, aber Daisy sah sie nur von oben herab an und fragte: »Wissen Sie etwas Besseres?« Und da Sabine natürlich nichts Besseres wusste, machte sich Daisy sogleich daran, die Sache zu organisieren. Der Arzt musste eingeweiht werden, sie behauptete, für ihn die Hand ins Feuer legen zu können, wohingegen ihr Mann, der glücklicherweise verreist sei, nichts erfahren dürfe. Er habe den Schwiegervater, der ihm seine prodeutsche Haltung vorwarf, ohnehin nicht mehr besucht.

Nach verschiedenen Telefongesprächen sagte sie niedergeschlagen: »Ein Auto ist nicht aufzutreiben.«

Sie zog Andreas ins Wohnzimmer und legte ihm die Arme um den Hals. »Für dich tue ich das alles. Es ist ein großes Unrecht.«

»Für Daniel.«

»Für Daniel auch. Aber in erster Linie für dich.«

Sie warf einen Blick auf das Bett der van Lier und seufzte. Er hatte nicht die geringste Lust zu Zärtlichkeiten, war aber nicht ganz sicher, was geschehen wäre, wenn Miep nicht plötzlich die Tür aufgerissen und mit einer eckigen Verbeugung gesagt hätte: »Mein Beileid, Mevrouw Goedhart.«

Es war ihm unangenehm, dass sie ihn so nah bei Daisy gesehen hatte, aber sie schaute ihn völlig arglos an. »Meine Tante hat mir erzählt, dass ihr ein Auto braucht. Ich kann es beschaffen. Und alles andere, was nötig ist.«

Das Nötige, mit dem sie am Abend zurückkam, war eine Rolle Packpapier und Schnur, wogegen die Steine zum Beschweren der Leiche unten im Wagen geblieben waren. Andreas machte sich zusammen mit dem Fahrer, einem Theologiestudenten, an die Arbeit. Sie hoben den Toten, dem die van Lier einen dunklen Anzug und Lackschuhe angezogen und einen an orangenem Band befestigten Orden um den Hals gebunden hatte, vom Bett und legten ihn auf das am Boden ausgebreitete Papier, das sich jedoch als zu klein erwies. Da beschlossen sie, den Teppich zu nehmen, (»'ne Sünde«, sagte Sabine, die alle Augenblicke hereinschaute, »das gute Stück.«) Plötzlich musste Andreas hinausgehen und sich erbrechen, als er wiederkam, war der Kolonialbeamte in den Teppich eingerollt und verschnürt.

Daisy passte am unteren Absatz der Treppe, Miep vor der Haustür auf, als sie, mit Taschenlampen leuchtend, der Theologe voran, Andreas hinterdrein, den Teppich hinuntertrugen. Er war schwer, viel schwerer, als er von Rechts wegen sein durfte. Ihre Schatten schwankten an der Wand, wippten auf und nieder, Schatten zweier Diebe mit ihrer Beute. Jeder, der sie sah, musste auf den ersten Blick erkennen, dass hier etwas nicht in Ordnung war. Aber es sah sie niemand, ungestört erreichten sie das Auto. Als sie den Teppich verstauen wollten, hörten sie Schritte.

Standen reglos, den Atem angehalten. Zwei Taschenlampen kamen näher, blaue, sich senkende und hebende Kreise. »Weiter«, zischte der Student. Aber der Tote oder der Teppich oder der Tote mitsamt dem Teppich erwies sich als sperrig, sie schoben und zerrten, ohne ihn hineinzubringen. Der zukünftige Pastor fluchte. Gerade als die beiden Lampen an ihnen vorbeigingen, gelang es ihnen, das Ding in der Mitte zu knicken und auf dem Rücksitz zu verstauen. Andreas' Magen revoltierte von Neuem, er trat einen Schritt beiseite und erbrach sich aufs Pflaster. Die Lampen kehrten um und kamen langsam wieder näher, hoben sich, senkten sich, sein Magen krampfte sich noch stärker zusammen, gab nichts mehr her, er würgte bittere Galle heraus. Männerstimme auf Holländisch: »Sind Sie krank? Können wir helfen?«

»Nein, danke, es ist schon in Ordnung.« Frauenstimme in gebrochenem Deutsch: »Ein bisschen zu viel Rheinwein getrunken.« Jetzt fluchte auch Andreas. Da machten die Lampen endgültig kehrt und entfernten sich schnell. Er stieg ein, kauerte sich auf den Boden, sein Knie stieß gegen einen Stein. Miep setzte sich neben den Fahrer, der Wagen fuhr an. Schlecht gefedert, holperte er, nachdem sie die Stadt verlassen hatten, über gefurchte Feldwege und schlingerte auf der dünnen Schneeschicht. Es schneite, blaue Flocken sanken vor den abgeblendeten Scheinwerfern langsam zur Erde.

Mit klammen Fingern wickelte Andreas so viel Schnur um die beiden Ziegelsteine, dass sie wie von einem Netz umsponnen waren. Dann band er sie an dem Teppich fest. Mörderarbeit. Sein Mund war trocken und voll Geschmack des Erbrochenen, seine Zähne schlugen aufeinander. Es ist nicht erlaubt, den reitenden Tod anzufassen, es ist nicht erlaubt, einen toten Kolonialbeamten ins Wasser zu werfen.

Zum Teufel, warum denn nicht? Ist das andere besser? Verehrte Trauergemeinde, Schirme über Zylindern, Zylinder über ernsten Gesichtern, Gesichter, die Trauer angelegt haben auf Befehl, Hut ab zum Gebet, das Largo von Händel, Kränze mit und Kränze ohne Schleifen, drahtgespießte Blumen in dunklem Tannengrün, und wieder: verehrte Trauergemeinde, würdig, mit Bibber, Hin- und Hertrippeln der Angeredeten, kalte Füße, auch nasse, morgen mit Grippe im Bett, hört er noch immer nicht auf, endlich Schluss, der Sarg wird hinabgelassen und drei Schaufeln Erde. Sind drei Schaufeln Erde besser als Wasser? Würmer den Fischen vorzuziehen?

Was machen Fische mit Lackschuhen? Er lachte hysterisch.

Der Wagen hielt, Miep sprang hinaus, der Student blieb sitzen und ließ den Motor laufen. Das Mädchen leuchtete die Gegend ab und winkte, er hob sich steif aus seiner kauernden Stellung, zerrte den Teppich in den Schnee und schleifte ihn mit sich. Miep wies den Weg bis zum Ufer, er gab dem Toten einen Stoß und hörte das Aufklatschen auf dem Wasser.

Das Mädchen ging zum Wagen zurück, er blieb stehen, mochten die beiden denken, dass er bete, er betete nicht, stand einfach da, mit leeren Händen und leerem Kopf, und fühlte die Flocken angenehm kühl im brennenden Gesicht.

Drei Tage war er schon in Amsterdam, drei Tage hatte er, mit Ausnahme der Fahrt in die Dünen, das Hotel nicht verlassen, drei Tage Erinnern, drei Tage Versuche zu schreiben.

Am Morgen des vierten Tages ging er in die Stadt. Im hellen, nur leicht windigen Frühlingswetter sah alles hübsch und sauber aus, die Häuser, die Blumen, die Frauen. Es ging den Leuten gut, sie waren heiter, heiterer als in Deutschland, lachten viel, sahen sich freundlich an, waren von einer unverkrampften Höflichkeit und hatten weder an der unbewältigten Vergangenheit noch am Wirtschaftswunder zu tragen. Es gab viele Radfahrer, kein Auto zu haben schien hier kein Makel zu sein, geschickt flitzten sie auf ihren Fietsen zwischen den Wagen hindurch. Noch immer in Regenmänteln, wenn auch von modischerem Schnitt und in vielen Farben; ein uneitles, mit sich einverstandenes Volk. Sie mochten die Welt, und die Welt mochte sie, das war aus allem zu spüren. Die Läden waren mit Waren gefüllt, in den Buchhandlungen lagen französische, englische, deutsche Bücher, großstädtisch, hauptstädtisch, nicht provinziell wie zu Hause. Zahllose chinesische Restaurants, ostasiatische Geschäfte, die Keramik feilboten, wie sie anderswo nur im Museum zu sehen ist, Antiquitätenläden mit verglasten Schränken, Delfter Porzellan und Kacheln, Kacheln, auf denen Tiere, Menschen, Landschaften abgebildet waren, in Blau oder einem ins Bräunliche spielenden Rot oder mit einem Perspektive vortäuschenden Renaissancemuster in Blau und dunklem Gelb, Ramschläden, in denen von Petroleumlampen bis zu alten Fahrradteilen alles zu haben war, Souvenirs, Puppen in holländischer Nationaltracht, Holzpantinen in natürlicher Größe und winzig klein, Holzpantinen als Broschen, Aschenbecher, Vasen, aus Porzellan, Messing oder wirklich aus Holz, Schnapsstuben und Cafés, unglaublich viele Banken, Schifffahrtsbüros, Handelskontore, Wohnarchen, ein Laden mit Schiffereibedarf, ein Billardmacher, grell geschminkte fette Huren, die aus weit geöffneten Fenstern lachten, ein Wagen, der frische Katzenaborte ablieferte und schmutzige mit zurücknahm, Heringsverkäufer, Blumenstände, Drehorgeln wie eh und je, hier starb nichts aus, das Alte konnte neben dem Neuen bestehen, ein Hundekarren zottelte langsam dahin, ein dicker amerikanischer Wagen folgte ihm geduldig, ohne zu hupen, durch die schmale Gracht.

Je länger er durch die Straßen, durch Grachten, Gassen, über Brücken und Stege ging, desto stärker wurde das Gefühl, dass er hierhergehörte; es war seine Stadt, die einzige, in der er gelebt hatte. Vier Jahre, vier entsetzliche Jahre, in denen war alles enthalten, die ganze Wirklichkeit; alles vorher Präludium, Wahn und Täuschung, hinter Schleiern entrückt, alles nachher nicht endender, eintönig leiernder Abgesang.

Diese Erkenntnis schlug sich aufs Herz, das zu flattern begann, es flimmerte ihm vor den Augen, er schnappte nach Luft, suchte nach einem Halt, setzte sich auf das vorspringende Sims eines Ladens und wartete mit geschlossenen Augen, bis der Anfall vorbei war. Es dauerte nicht lange, doch fühlte er sich noch zu schwach, um aufzustehen. Wahrscheinlich war es nichts gewesen als eine Blutleere im Gehirn, jetzt strömte das Blut wieder, er konnte denken, war sich seiner Situation bewusst, sah sich, als wäre er ein anderer Mensch, mit einem gewissen kühlen Interesse, ohne Mitleid.

Er hatte, obwohl er sich ständig am Rand eines Abgrundes bewegte, keine Angst, und wenn es etwas in seinem gläsernen Zustand gab, das ihn beunruhigte, war es diese Angstlosigkeit; sie bewies ihm, wie sehr er sich von seiner Umwelt unterschied, denn Angst war zum vorherrschenden, zum menschlichsten aller Gefühle geworden. Man konnte sie nicht, wie es Roosevelt und Churchill in der Atlantikcharta versucht hatten, mit einem Dekret aus der Welt schaffen, sie war so bestimmend wie in anderen Epochen der Glaube, Hauptthema des Lebens, der Kunst.

Er sehnte sich nach der Zeit seiner Angst, nach verdunkelten Straßen, dem Schießen der Flak, seinem Zimmer, der van Lier, sogar nach Sabines Geschwätz, nach Hunger, Illegalität, Empörung, nach dem großen Schmerz.

Zeit, in der er glaubte, es sei wichtig, Zeuge zu sein, Zeit der Hoffnung auf ein besseres Nachher, auf den Sieg.

Daniel hatte gewusst, dass es kein Nachher geben würde, auch nicht für die, die es überstanden. Daniels trauriges Lächeln, wenn man von Künftigem sprach, Daniels abweisender Blick, wenn man das Kommende pries.

Der Siebzehnjährige hatte recht behalten gegen ihn, den Erwachsenen. Nicht die Juden, nicht die Deutschen, er, Andreas, hatte den Krieg verloren.

Er war nach Deutschland gefahren, nur für ein paar Tage, seine Zeitung wollte ihn sprechen, er richtete die Reise so ein, dass er zum fünfzigsten Geburtstag der Mutter zu Hause sein konnte. Einem Tag in Berlin bei der Redaktion (neue Richtlinien, die Artikel mussten aggressiver, optimistischer und noch mehr deutschbetont werden) folgte eine endlos scheinende Nachtfahrt nach München. Er hatte die Ankunftszeit nicht mitgeteilt, so war niemand am Bahnhof. Die Eltern hatten ihn nicht so früh erwartet, als er in den Herzogpark kam, wurden die Wohnzimmer im Parterre noch geputzt, zwischen übereinandergestellten Stühlen musste er sich durch den Flur bis zur Treppe zwängen.

Oben die Mutter, in einem abgetragenen chinesischen Morgenrock, ein hoher Schrei: »Andreas!« Sie schloss ihn stürmisch in die Arme, wie nicht mehr seit er ein Kind war, und vergoss ein paar Tränen, während er unwillig den Kopf an ihre Brust gelegt hielt.

Der Vater kam aus dem Schlafzimmer, in Hosenträgern, »mein lieber Sohn«, seine Stimme schwankte. Zwei fremde Menschen, die Anspruch auf Liebe erhoben.

Er bat um ein Bad, es wurde eilig bereitet, im Wasser fühlte er sich wohler. Gefühl des Beschütztseins, wo sonst in der Welt wurde ihm das Wasser in die Wanne eingelassen, genau temperiert, mit einer nach Fichtennadeln riechenden Essenz versehen? Er fing zu singen an, immer hatte er als Kind im Bad gesungen, die Vogelhochzeit und ein Männlein steht im Walde. Dann ließ er das Badethermometer als Schiff durch die Fluten gleiten. Skagerrak und Kattegat, zwei schwierige Worte, der Vater hatte sie ihm beigebracht, mit erhobenem Zeigefinger, die moderne Pädagogik empfiehlt Lernen im Spiel, aber es war vergebliche Mühe gewesen, er interessierte sich nicht für Schlachten. Das Flaggschiff, sagte der Vater, auf dem steht der Admiral. Er schaute Papa voll Mitleid an. Weißt du denn nicht, dass das ein kleines Segelboot ist? Es fährt nach der Insel Fitzliputzli. »Fitzliputzli, Fitzliputzli«, sang er vor sich hin. Plötzlich wurde er unruhig. Wenn etwas passiert in Amsterdam? Lächerlich, es ist so lange alles gut gegangen. Warum soll gerade in diesen zwei Tagen etwas passieren?

Doch blieb er nervös, seine Hand zitterte, als er unten, im schnell aufgeräumten Esszimmer, beim Frühstück saß.

»Bist du krank?«, fragte die Mutter besorgt.

»Nein.«

»Du siehst elend aus. Sicher wirst du nicht satt.«

»Ich habe genug zu essen.«

»Ach, der Krieg, dieser furchtbare Krieg. Glaubst du, dass er noch lange dauert?«

»Ich weiß es nicht.«

»Er kann nicht mehr lange dauern«, sagte der Vater. »Der Russe ist erledigt. Und der Westen hat ernsthaft noch nie gezählt.«

Die Hand zitterte stärker. »Du glaubst, dass Deutschland siegt?«

»Aber natürlich. Das steht doch außer Frage. Praktisch haben wir den Krieg schon gewonnen.«

Andreas schlug auf den Tisch, zwei Tassen fielen zu Boden und zerbrachen. »Deutschland wird nicht siegen«, schrie er mit sich überschlagender Stimme.

»Les doméstiques«, flüsterte die Mutter, »Andreas, les doméstiques.«

Der Vater war aufgestanden. »Unser Sohn ist krank. Wir müssen den Arzt rufen.«

»Nein. Keinen Arzt. Ich bin vollkommen gesund.«

Der Vater setzte sich wieder. Die Mutter kniete am Boden und hob die Scherben auf. »Zwei Meißener«, sagte sie, schwieg dann aber erschrocken.

»Wisst ihr, was mit den Juden geschieht?«, fragte er. Es war der verzweifelte Versuch, ihnen näherzukommen.

Der Vater räusperte sich, was er immer tat, wenn er sich in einer Situation nicht zurechtfand. »Es gibt in München keine Juden mehr«, sagte er so autoritativ, als sei durch diese Feststellung das Problem aus der Welt geschafft.

»Warum habt ihr ihnen nicht geholfen? Das Haus wäre groß genug, um ein halbes Dutzend Menschen darin zu verstecken.«

»Andreas«, sagte die Mutter, noch immer kniend; sie hob die Hände zu ihm auf, es sah aus, als habe sie sich flehend vor ihm zu Boden geworfen, »bedenke doch die Stellung deines Vaters.«

Der sagte ungeduldig; »Ach was. Stellung hin, Stellung her. Kein Mensch hätte so etwas wagen können. Du lebst außerhalb der Welt, wie ja leider schon immer.«

Die Mutter: »Er kann in Holland nicht wissen, was in Deutschland geschieht.«

Der Vater: »Ich habe nie bemerkt, Andreas, dass du dich so besonders für die Juden interessierst. Jedenfalls hast du keine überspannten Forderungen gestellt. Wenn du es aber nicht weißt, möchte ich es dir sagen: Juden bei sich aufzunehmen bedeutete Todesgefahr. Ich übertreibe nicht und meine es wörtlich: Todesgefahr.«

Andreas half der Mutter auf, die jetzt endlich mit ihrem Herumgekrieche zu Ende war, und nahm ihr die Scherben aus der Hand. Dann erst hatte er sich so weit in der Gewalt, dass er den Vater ansehen konnte.

»Und einer Todesgefahr würdest du dich nicht aussetzen? Auch nicht, um das Leben anderer Menschen zu retten?«

»Was sind das für Fragen. Natürlich würde ich mein Leben riskieren, um zum Beispiel einen Ertrinkenden aus dem Wasser zu ziehen. Das ist ja wohl selbstverständlich. Hier aber gab es niemanden, der ertrank. Die Maßnahmen gegen die Juden sind höchst bedauerlich und für einen alten Demokraten wie mich schwer zu begreifen. Aber von der Notwendigkeit einer Lebensrettung zu sprechen scheint mir doch stark übertrieben. Soviel man weiß, hat man die Juden in einigen Orten der Tschechoslowakei und Polens untergebracht, in Reservaten, die denen der Indianer in Amerika ähnlich sind. Natürlich werden die hygienischen Zustände dort im Osten nicht die besten sein und Opfer fordern, andererseits haben sie so viele ausgezeichnete Ärzte, ja, ich möchte behaupten, sogar mehr als wir.«

Andreas schwieg. Er konnte dem Vater ja nicht einmal beweisen, dass er sich täuschte. Was wusste er selbst? Osten – das ist das Nichts. Eine Vermutung, kein Argument.

Das Mädchen brachte andere Tassen, sie frühstückten weiter.

»Wie lange kannst du bleiben?«, fragte Mama.

»Bis heute Abend.«

»Nur bis heute Abend?«, sagte sie und fing an zu weinen.

Er streichelte ihre Wange, die verwelkende, seit jeher vernachlässigte Haut, nahm sie am Arm und sah sich mit ihr gemeinsam den Geburtstagstisch an. Ein kleiner Begonienstock mit grüner Kreppmanschette, eine Flasche 4711, eine große unschöne Ledertasche. Die Geschenke des Vaters. Er holte aus seiner Mappe im Flur den Kleiderstoff, den er ihr mitgebracht hatte, im Schwarzhandel bei einem Bekannten der van Lier erworben, eine gute Qualität, blaugrundig mit weißen Tupfen, was ihm nicht besonders gefiel, sie aber gebärdete sich, als sei es eine Kostbarkeit.

»So etwas gibt es nicht mehr bei uns – und wie ich es brauche – du hättest es gar nicht besser treffen können. Tausend Dank, mein Junge, ich freue mich so, auch wenn ich dich wegen deiner Verschwendungssucht von Rechts wegen auszanken müsste.«

Er ließ ihre Küsse über sich ergehen und murmelte: »Es tut mir leid, dass es nicht mehr ist.«

Nach diesen verkrampften Höflichkeiten entstand die entsetzliche Pause, das Alarmzeichen, dass man dicht an der Wahrheit war und zugeben musste, sich nichts zu sagen zu haben.

Mama fasste sich schneller als er und fragte im Ton, als spräche sie zu einem Fünfjährigen: »Dein Zimmer, Andreas, willst du denn dein Zimmer nicht wiedersehen?«

Sie gingen zusammen hinauf in den zweiten Stock, der Vater blieb unten. Das Zimmer sah genau so aus, wie er es verlassen hatte, ohne Flecken, ohne Staub, die Vasen mit Blumen gefüllt. Sie wartete auf ein gutes Wort, es fiel ihm nichts ein; verlegen ging sie zu dem Positanobild und rückte daran herum, obwohl es völlig gerade hing.

»Was macht deine Arbeit?«

»Ich schreibe nicht mehr.«

»Wie meinst du das, du schreibst nicht mehr? Das ist doch nicht möglich.«

»Die meisten Menschen tun im Krieg andere Dinge als früher. Ich stelle Artikel her.«

»Das ist doch auch Schreiben«, sagte sie erleichtert. »Du drückst dich so komisch aus.«

»Findest du? Aber ich weiß tatsächlich nicht, ob ich je wieder schreiben werde.« Er legte bei den Unterhaltungen mit ihr seine Worte nie auf die Waagschale und hatte auch diesen Satz nur so hingesagt. Aber als er ausgesprochen war, fand er es nötig, ihn zu mildern: »Und wenn ja, dann anders als bisher.«

Sie sah ihn von der Seite her an. »Du bist verändert. Hast du etwas Schweres erlebt?«

»Man erlebt dauernd Schweres. Es ist schließlich Krieg.«

»Aber doch nicht in Holland. Ich bin so dankbar, dass du in Holland bist und nicht an der Front.«

»Wem bist du dankbar?«

Starkes Erröten. »Dem lieben Gott.«

»So«, sagte er, »dem lieben Gott. Ich weiß nicht recht, ob du Grund hast, ihm dankbar zu sein.«

»Was ist mit dir? Bist du verliebt, Andreas? Bist du unglücklich verliebt?«

»Nein. Nicht das, was du unter Verliebtsein verstehst, Mama. Und bestimmt nicht unglücklich.«

»Aber du hast ein Mädchen?«

»Ja, so kannst du es nennen.«

»Ein ordentliches Mädchen, Andreas?«

»Keine, die auf die Straße geht, wenn du das meinst.«

»Sag«, sie brachte den Satz erst nach einigem Schlucken heraus, »willst du sie heiraten?«

»Ganz sicher nicht. Außerdem ist sie verheiratet.«

Sie wurde von Neuem rot. »Eine verheiratete Frau. Du weißt, dass ich das nicht begreifen kann. Also das ist es. Jetzt verstehe ich deinen Kummer.«

Er nickte ihr zu, bestätigte sie in ihrem Glauben und wusste doch, dass er ihr damit Schlimmeres antat, als wenn er ihr die Wahrheit gesagt hätte. Aber von Daniel wollte er nicht sprechen.

Als er nichts mehr sagte, gab sie es auf. Sie gingen wieder hinunter, saßen untätig herum, sie erzählte von zahllosen Bekannten, die ihn nicht interessierten (außerdem hatte sie alles schon geschrieben), und er antwortete unverbindlich auf Fragen: »Ja, Amsterdam ist sehr schön«, »nein, wir sind nicht sehr beliebt in Holland«, »Mejuffrouw van Lier sorgt sehr gut für mich«, »den Hausherrn bekomme ich nie zu Gesicht, er ist sehr krank.«

Gratulanten kamen, brachten Geschenke, einen Schinken, Würste, Butter, Kuchen und Torten, alles hübsch mit buntem Papier, Schleifen und Blumen zurechtgemacht. »Wie reizend, dass Ihr Sohn gekommen ist«, »die schönste Überraschung«, »wie wirst du froh sein, Andreas, dich zu Hause wieder einmal herausfuttern zu können«, »ach, heute Abend schon, das ist aber wirklich ein Jammer.« Sie sprachen nicht über den Krieg, taten, als ob es ihn nicht gäbe, lebten so, wie sie immer gelebt hatten, mit gewissen Einschränkungen natürlich; soweit sie Söhne und Männer an der Front hatten, machten sie sich wahrscheinlich Sorgen, doch keiner schien wirklich zu leiden, keiner rebellierte oder machte sich auch nur Gedanken über das, was in der Welt geschah im Namen des deutschen Volkes, also auch in ihrem eigenen. Es war grotesk, sich vorzustellen, dass diese auf so gespenstige Weise Unbeteiligten einmal für alles zur Rechenschaft gezogen werden würden; nicht ohne Sadismus malte er sich aus, wie diese biederen, nur an sich denkenden Bürger das ausfressen mussten, was sie sich in Dummheit und Gleichgültigkeit eingebrockt hatten.

Ein ungemütliches Mittagessen, allein mit den Eltern. Worüber sollte man sprechen? Politik war tabu, Liebe war tabu, sein Schreiben war tabu, von Holland hatte er schon erzählt, seine Artikel hatten sie alle gelesen. (Sie waren von Mama sorgfältig ausgeschnitten und in einen Leitzordner geheftet.)

»Ich möchte ins Museum gehen«, sagte er plötzlich. »Zu deinen gotischen Madonnen«, rief die Mutter glücklich, weil sie endlich wieder eine Verbindung zu früher fand.

Aber das Museum war geschlossen. »Ausgelagert«, sagte der Vater.

»Ausgelagert? Das ist ein Wort, das ich nicht kenne. Merkwürdige Worte habt ihr erfunden in der Zwischenzeit. Der reitende Tod ist ausgelagert.«

»Der reitende Tod?«

»Ja, der reitende Tod. Etwas anderes habe ich nie sehen wollen. Eure gotischen Madonnen können mir gestohlen bleiben.«

Die Eltern tauschten schweigend Blicke aus. Nicht widersprechen, sagten die Blicke. Unser armer Sohn.

»Musst du wirklich heute Abend schon fort?«, fragte der Vater.

»Unbedingt.«

»Du solltest dich bei uns erholen. Man könnte ein ärztliches Attest an die Redaktion schicken.«

»Nein.« Er merkte mit Entsetzen, dass er seine Stimme nicht mehr in der Gewalt hatte. »Ich hätte nicht kommen sollen.«

Mama hatte schon wieder Tränen in den Augen. »Es war nicht so gemeint«, murmelte er.

»Der Krieg«, sagte sie, »dieser furchtbare Krieg.« Aber das war nur so dahingeredet, sie hatte es schon einmal gesagt. Mechanisch schob sie ihr Missbehagen einer abstrakten Macht zu, unter der sie sich nicht das Geringste vorstellte.

Er hatte Lust, ihr diese Macht zu zeigen, wie sie wirklich war, den schmutzigen Krieg, das nackte Verbrechen, verbrannte Menschen, verbrannte Erde; wusste, dass es nicht mehr bedurft hätte, als ihr von den Trambahnen zu erzählen, um die gedankenlose Gelassenheit von ihr zu nehmen und das Versteckspiel, dem sie sich hingab, zu beenden (wenn ich nichts sehe, sieht man auch mich nicht), aber während er noch nach einem wirksamen Anfang suchte, mit dem er ihre Naivität rasch und gnadenlos entzweischlagen konnte, fragte sie, ihre Hand begütigend auf die seine legend: »Hast du schmutzige Wäsche mitgebracht?«

»Nein«, sagte er, zog seine Hand zurück, und sie aßen schweigend zu Ende.

Am Nachmittag gab es einen Damentee. »Hätte ich gewusst, dass du nur so kurz bleiben kannst, wäre mir heute niemand ins Haus gekommen«, klagte die Mutter. Er aber war froh, dass er nicht zu reden brauchte, sondern nur dabeizusitzen, Kuchen essend, Tee trinkend, und hinausschauen konnte in den Garten, der mehr als alles andere ein Stück seiner Kindheit war. Zweige standen schwarz gegen den gelblichen Himmel, ein fantastisches Geflecht. Es wäre besser zu malen, als zu schreiben, plötzlich empfand er den Wunsch, vom Wort befreit zu sein.

Die Damen ließen sich durch seine Schweigsamkeit nicht stören und schnatterten darauflos, nur Mama blickte ihn von Zeit zu Zeit ängstlich an.

Wie ist es möglich, dass dies meine Eltern sind, blinde, gottverlassene Vögel, zusammengeduckt in der Wärme des Nestes, aufgespießt an der eigenen Zufriedenheit. Meine Eltern, die in weichen Betten schlafen, traumlos, wissenlos, ohne Gewissen. Deren Mund überquillt von Anstand, Ehrlichkeit, Liebe deinen Nächsten wie dich selbst. Die meinen, was sie sagen, doch die nichts sagen, was zu meinen schwer ist. Es stimmt, dass mein Vater ins Wasser springen würde, um einen Ertrinkenden zu retten, er glaubt den Todesschreien, die er hört, doch sein Gehör reicht nicht weit. Er hört den Nachbarn nicht, der an die Wand pocht, nicht das Fahren der Trambahnen und nicht die Hufschläge des reitenden Todes.

Er hielt der Mutter die Tasse hin, um sich von Neuem einschenken zu lassen, sie lächelte ihm zu, mit ihrem ausdruckslosen Gesicht, aus dem der Jungmädchenreiz, den es noch vor wenigen Jahren gehabt hatte, völlig verschwunden war. Er schaute die anderen Frauen an, sie alle sahen ebenso grau, ebenso ausdruckslos aus, in den ehemals pompösen, jetzt unansehnlich gewordenen Sonntagnachmittagskleidern, nicht eine war schön oder auch nur anziehend. Noch hatten sie den Preis für den Krieg nicht bezahlt, aber für ihr Leben, für die mitleidslose, nichts von dem, was um sie herum vorging, ahnende, auf Karriere des Mannes bedachte Existenz, ergebene Beischläferinnen eines einzigen auf Lebenszeit (einmal oder zweimal in der Woche), sich des Sinnes ihres Daseins als Haushaltführende und Gebärende stolz bewusst, Kinder zu bekommen war das Ziel, damit diese wiederum Kinder bekommen konnten, das nannten sie ihren Anteil an der Unsterblichkeit. Dazu wurden benötigt: ein Heim, eine Position (mit Aufstiegsmöglichkeit), ein Bankkonto, Beziehungen (Kollegenfrauen beim Five-o'clock), Bettler (um Wohltaten zu erweisen), Gestorbene (um traurig zu sein), Unglücksfälle der anderen, eine Sommerreise, Erbauung durch Schönheit (Kunst ist schön), Nationalbewusstsein, der liebe Gott (um ihm die Verantwortung aufzuhalsen) und vor allem Betrieb (um die Leere zu füllen).

Er aber brauchte Ruhe, sie war die Voraussetzung. Morgenstunden am Schreibtisch, ohne Unterbrechung, kein Telefon, keine Leute, Konzentration; wie soll er sich konzentrieren, wenn einer hinter ihm im Lehnstuhl sitzt, wenn Trambahnen fahren, Menschen verfrachtet werden, Bestimmungsort Osten, Bestimmungsort Ende der Welt. Millionenfacher Mord in der Luft, ein Heuschreckenschwarm, der die Schicksale auffrisst, auch die, die er niederschreibt, auch die, die er sich ausdenkt; was tut ein Schriftsteller ohne Schicksale? Schon wieder Zweifel, Zweifel regnet vom Himmel, tropft von den Bäumen, beschlägt die Augen, zersetzt die Lunge, blutigen Zweifel spuckt er heraus – besudelt mit Blut, hat er gemordet, morden die andern? Kann er schon nicht mehr unterscheiden zwischen ihnen und sich? Menschen, ihr Mörder – ist er kein

Mensch mehr, hat er seine Form verloren, das große Talent, Geschenk der Götter, ihm in die Wiege gelegt, er hat es genutzt, etwas daraus gemacht, denn Talent allein ist noch nichts, so viele vertun es dem Leben zuliebe, er aber war bereit zu jedem Verzicht, Freundschaften gingen aus Zeitmangel in die Brüche, ein Gang durch den Garten war Entspannung, doch gleich wieder zurück zum Schreibtisch, dem Ort seiner großen Abenteuer, Schreiben und Lesen, auch Belesenheit gehört zur großen Form, was sollte man wissen, wie wenig weiß man. Es ging ihm nicht um den Ruhm, von jeher wusste er, dass Ruhm eine windige Sache ist. Ehrgeiz schon eher, atemloses Laufen dem erträumten Bild entgegen, wie er einmal sein würde, wie er hoffte, einmal zu sein. Doch unter dem Schrillen der Heuschrecken ist das, was schon da war an Form, aus dem Leim gegangen, und der Zweifel weicht die Bruchstücke auf, als seien sie aus Papiermaschee. Der papiermascheene Ritter, der Wortkämpfer, der sich selbst einsetzte als Held des Stückes, ist von der Bühne gefallen und vergammelt im Dreck.

»Mein Jüngster kann es gar nicht erwarten, an die Front zu kommen«, hörte er die Frau des Professors für Völkerrecht sagen, die schon zwei Söhne im Krieg verloren hatte.

Er sah auf die Uhr. Es war Zeit, zum Bahnhof zu fahren.

Menschen – ihr Mörder. Menschen, ihr Mörder aus Lust. Menschen, die ihr erfunden habt, dass Mord erlaubt ist, die ihr eure Mitmörder mit Orden behängt, ihnen Renten zahlt, Denkmale setzt und Kinder zwingt, ihre Namen auswendig zu lernen. Tapferkeit ist euch eine in Zahlen ausdrückbare Tugend, zu messen an den Skalpen der erlegten Feinde. Ihr Mörder, die ihr zu feige seid, eure Lust einzugestehen, und sie versteckt hinter dem Namen eines Gottes oder einer Rasse, eines Volkes oder eines Führers. Ihr phrasenhaften Mörder, Mitglieder der Tierschutzvereine, Förderer unterentwickelter Völker, Kirchgänger, Naturschwärmer, Kunstbegeisterte!

Eure tränenverschmierten Gesichter, wenn ihr aus den Kinos kommt, eure hysterischen Schreie auf den Sportplätzen. Ihr Geschichtsfälscher und Fortschrittsgläubigen, ihr Erfolgreichen, ihr Verräter am Geist.

Nie blüht eure Fantasie reicher, als wenn ihr euch Werkzeuge ausdenkt, mit denen ihr morden könnt. Wie soll einer, der auch nichts anderes ist als ein

Mensch, mit euch zurechtkommen? Muss er auf euren Altären opfern? Das Messer ins Herz des Lebendigen stoßen?

Vögel, kopflos, schwanzlos – Vogelleichen. Die gemordeten Worte. Beitrag zur Menschlichkeit. Menschen – ihr Mörder. Hoffnungslos.

In Amsterdam Regenböen, trotzdem ging er, die Mappe unter dem Arm, zu Fuß nach Hause. Er hatte es nicht eilig, die lange Bahnfahrt erschien ihm als eine zu kurze Zäsur zwischen den beiden Welten. Noch waren die Eltern zu nah; der verpfuschte Tag mit ihnen tat ihm jetzt leid; warum hatte er ihnen seine Anhänglichkeit nicht mehr gezeigt?

Er ließ sich Zeit, blieb vor den immer kärglicher werdenden Schaufenstern stehen, nässetriefend schon nach den ersten Minuten. Trank in einer Kneipe an der Theke im Stehen ein Glas Fusel, der sich Oude Klare nannte, aber Ersatz war, reagierte gereizter auf die feindlichen Blicke als sonst und ging das letzte Stück bis zur Beethovenstraat schneller. Klingelte unten, lang-kurz-lang, seit dem Tod des Kolonialbeamten gab er dies Zeichen bei jeder Rückkehr. Ohne zu warten, bis aufgedrückt wurde, sperrte er auf und stieg nach oben. Unter der offenen Wohnungstür stand ein blonder junger Mann.

Blonde junge Männer in fremden Wohnungen waren verdächtig. Auch wenn sie Zivil trugen und sich in unsoldatischer Haltung an den Türpfosten lehnten. Einen Augenblick lang standen sie sich unbeweglich gegenüber. Dann fing der Blonde zu lachen an. Durch sein Lachen gab er sich als der zu erkennen, der er war: Daniel.

»Bist du verrückt geworden«, fuhr Andreas ihn an und griff in die Perücke, um sie herunterzureißen; der Junge schrie auf, lachte aber dabei und verteidigte sein blond gefärbtes Haar.

»Was soll das, spielt ihr hier Fasching?«

»Ich habe es gleich gesagt, dass sie wütend sein werden«, rief Sabine, »aber auf mich hört man ja nicht. Dabei bringt er mich mit seiner lächerlichen Kriegspielerei mit in Gefahr.«

Daniel sah sie böse an, schob Andreas ins Zimmer und schloss die Tür vor der nachdrängenden Sabine. Drinnen stand Miep, lief auf Andreas zu und küsste ihn, was sie noch nie vor anderen Menschen getan hatte.

»Sei nicht böse, bitte, sei nicht böse. Er hält es eben einfach nicht mehr aus, untätig hier herumzusitzen, das musst du verstehen. Seit Wochen quält er mich schon, dass er mitmachen will in unserer Gruppe. Mit seinem schwarzen Haar war das natürlich nicht möglich, jeder hätte gemerkt, dass er Jude ist. Blond sieht er ganz schön germanisch aus, das musst du zugeben.«

Er löste ihre Arme von seinem Hals und setzte sich in Daniels Lehnstuhl. Außerstande, etwas zu sagen, verbittert, dass sie gewartet hatten, bis er fort war, ein Betrogener.

Miep hockte sich vor ihn hin, stützte ihre Ellbogen auf seine Knie und schaute ihn bittend an.

»Verbiete es nicht. Wir wissen natürlich, dass du es verbieten kannst. Er ist ja dein Kind.«

Es war erstaunlich, wie der kleinen Puritanerin die Mittel zuflogen, die ihn rührten. Er machte eine vage Bewegung, die darin endete, dass er ihren Kopf streichelte. Und daraus folgerten die beiden zu Recht, dass er es nicht verbot.

Miep redete unaufhörlich auf ihn ein, sagte beruhigend, dass Daniel keine großen Aufgaben, wie Ämterüberfallen und Brückensprengen, übernehmen werde, nur Innendienst oder von Zeit zu Zeit einen Kuriergang, das sei nicht besonders gefährlich, jedenfalls nicht gefährlicher als Untertauchen; viel mehr Untergetauchte würden ergriffen als Widerstandskämpfer; er habe einen prima Ausweis bekommen, keinen nachgemachten, sondern einen echten, in dem nur das Foto vertauscht worden sei, es müsse schon mit dem Teufel zugehen und überhaupt und ganz gewiss und wenn man es recht besähe.

Vielleicht glaubte Miep, was sie sagte, Daniel glaubte es nicht. Er lächelte hinterhältig; das Selbstmörderlächeln eines Immoralisten, der die These verficht, dass Selbstmord aus moralischen Gründen unzulässig ist.

Da Andreas einsah, dass er ihn nicht zurückhalten konnte, lächelte auch er und sagte nur »ja, ja« und »hoffen wir, dass ihr recht habt.«

Zu der Verwirrung, unter Mördern leben zu müssen, kam die noch viel größere Verwirrung, mitgeholfen zu haben, dieses Allerentsetzlichste vorzubereiten, durch Nachgeben und Schwäche. Kann man, wenn man ein Mensch ist, nicht Ja sagen, nicht vor die Tür gehen, sich zu einer Frau legen, ohne zu morden? Das Sterben hatte eingesetzt; schon gab es den Daniel nicht mehr, um den Wüste und Urwald war; schweigende Auflehnung, sooft er den Blonden sah; das Henna drang in die Tiefe und machte sie flach; der Heilsbegriff der Verwandlung kündete Unheil.

Das Warten begann, das endlose Warten auf den Jungen, der manchmal tagsüber fort war, aber meistens nachts; hin- und hergehen in dem Käfigzimmer, gespanntes Lauern, Dumpfheit, Verlorensein, Schmerzen im Kopf, an der Galle, am Herzen; Tabletten, die Lähmung brachten, aber nie Schlaf.

Sabine hatte er verboten, sein Zimmer zu betreten, sie fürchtete ihn und hielt sich an diese Weisung. Zu der van Lier war er unfreundlich, jedes an ihn gerichtete Wort quälte; so kam sie wenig, und wenn, nur auf kurze Zeit. Auch das passte ihm nicht, sie sollte ihn nicht alleinlassen, Alleinsein war grauenhaft.

Manchmal konnte er lesen, ausschließlich englisch, dabei kam es nicht so sehr darauf an, ob es Shakespeare war oder Eliot, Dickens oder ein Kriminalroman. Die Sprache selbst, die präzise nuancenreiche unsentimentale, wirkte als Beruhigungsmittel, besser als alle Tabletten.

Seine Artikel musste er weiterschreiben, es half nichts, er konnte es sich nicht leisten, von der Zeitung hinausgeworfen zu werden, eine neue Untersuchung auf Fronttauglichkeit heraufzubeschwören und in die Gefahr zu kommen, von Amsterdam wegzumüssen.

Wenn Daniel nach Hause kam, nahm er sich zusammen, der Junge brauchte von seinem Zustand nichts zu wissen (aber er wusste es doch; scheue Blicke, die nicht mehr um Freiheit bettelten, doch um Begreifen). Sie sprachen in leichtem ironischem Ton miteinander, taten, als sei kein Krieg, als ginge Daniel einer gewöhnlichen Arbeit nach, die ihn müde zum Umfallen machte. Er schlief viel, zuweilen schrie er im Schlaf, die sorgsam gehütete Angst brach durch, Andreas nahm ihn an der Schulter und rüttelte ihn, verstört fuhr er hoch, stöhnend, Unverständliches murmelnd, dann kam er zu sich, lachte und legte sich wieder zurück.

Das dauernde Zusammennehmen machte sie hysterisch; hysterisch lustig, aber auch hysterisch streitsüchtig; sie zankten sich wegen alberner Kleinigkeiten, verlegter Gegenstände, eines frischen Fleckens auf den ohnehin so fleckigen Möbeln und immer wieder über das, worüber sie doch im Tiefsten einig waren, über Politik oder vielmehr über ihre praktische Anwendung, ob ein Attentat auf einen SS-Führer berechtigt sei, zum Beispiel, auch wenn es Hunderten von Geiseln das Leben kostete. Daniel stand aufseiten der Attentäter, er, der sich so gern lustig gemacht hatte über den Krieg der Dilettanten, redete jetzt wie seine Kameraden, eine raue soldatische Sprache, die zeigte, wie gelehrig sie von den Unterdrückern den Jargon und die Ansicht übernommen hatten, es komme auf ein Menschenleben nicht an.

Schließlich kam es so weit, dass Andreas froh war, wenn der Junge fortging. Er brauchte dann nicht mehr zu spielen und konnte so ernst und traurig sein, wie er wollte. Und eines Nachts (Daniel hatte um sieben Uhr das Haus verlassen, im Regenmantel, ohne Kopfbedeckung, damit jeder das blonde Haar sehen konnte, das nordische Attribut, das hinwegtäuschen sollte über die orientalische Schwermut des Gesichts), eines Nachts unterbrach er seinen Gang durchs Zimmer und setzte sich hin, um zu schreiben.

Wach und gespannt entwarf er Zeile auf Zeile, verbesserte, abstrahierte und war, als er aufhörte, noch lange nicht am Ende des Gedichtes, das sich, als großer Gesang angelegt, über viele Bogen erstrecken sollte. Endlich hatte er sich entschlossen, auf die Bedingung, Zeuge zu sein, zu verzichten, sie aufzugeben zugunsten einer Wahrheit, die er darstellen konnte, nicht weil er dabei gewesen, doch weil er Zeitgenosse war. Die Angst um Daniel wurde zur Kraft, die Bindung an einen anderen Menschen gab ihm genug Atem für sein Beginnen, mit der Sprache allein, ohne den Zusammenhalt von Bildern, deren eines aus dem anderen entstand, sondern nur solche verwendend, von denen jedes das klotzige Bruchstück einer vom Berg herabgestürzten Felslawine war, den Krieg zu beschwören. (Picasso hatte für Guernica eine ganze Wand gebraucht, die Selbstvernichtung des Menschen ließ sich in Kürze nicht zeigen.)

Als Daniel nach Hause kam, war er eingeschlafen, wachte kurz auf, lächelte dem Jungen zu und schlief weiter.

Stand gegen Mittag erst auf; es war ein Sommertag nahe dem Herbst, fast ein Jahr waren sie jetzt zusammen.

Er weckte den Freund. »Wir wollen spazieren gehen. Wenn du allein auf die Straße kannst, warum nicht mit mir?«

Schon nach wenigen Minuten waren sie auf freiem Feld, über sich den großen holländischen Himmel, blassblauen Himmel mit treibenden Schönwetterwolken, vor sich einen Gürtel von Bäumen, die eine Straße flankierten, dahinter hob sich der Wall und schwang nach beiden Seiten in endlose Ferne.

Als sie ihn, den letzten Halt, überquert und im Rücken hatten, war nur noch Himmel und Fläche da, gewölbte Fläche und zu ihr sich niedersenkender Himmel, die große Begattung, wässriges Blau und fahles gelbliches Grün. Schön und trostlos; Landschaft, die dem Menschen nicht hilft, Landschaft ohne Romantik, ohne Heiterkeit und ohne Strenge, konturenlos, maßlos, pathetisch. Herausforderung zum Exzess, jeder Standpunkt war Mitte, von Mitte ging man zu Mitte und kam nicht vom Fleck.

Sie waren zum ersten Mal gemeinsam im Freien, keine Gefangenen mehr zwischen vier Wänden. Auch hier behielten sie den leichten Ton bei, sprachen von diesem und jenem und nicht von dem, an das sie unaufhörlich dachten, denn wenn sich auch oberflächlich anderes in ihr Bewusstsein schob, konnten sie doch an nichts anderes denken als an das Morden.

Von der ungewohnten Freiheit, der maßlosen Landschaft verführt, überschritt Andreas die selbst gezogene Grenze. Nicht die stets ins Leere gefallene Frage: was willst du nachher tun? stellte er jetzt, er gab die Antwort selbst, gab sie mit einer Stimme, der anzuhören war, dass er zu viel Luft schluckte beim Sprechen, ein leises Zischen klang mit, das die Worte atemlos machte und ihnen das Glaubwürdige nahm.

Von gemeinsamen Reisen sprach er, nach Griechenland, Italien, Paris; in Paris könnten sie heimisch werden, auch London käme dafür infrage, nur nach Deutschland zurückkehren würden sie keinesfalls. Die Anonymität einer Weltstadt, eine fremde Sprache, die man sich erobern muss, durch die man Distanz gewinnt zur eigenen, in der man schreibt; ja, es erschiene ihm als Gewinn, die Sprache der Arbeit nicht im Alltag zu verschleißen; sie ist das kostbare Material, aus dem Neues entsteht. Nichts mehr von Ästhetizismus, nichts von Formalismus, Sprache ist

Werkzeug, um in die Tiefe zu graben, um mit ihr das Verschüttete, das in der Geschichte Verlorene, endlich ans Licht zu bringen.

Zusammen werden sie die Worte finden, die sich anbieten, um mitgeteilt zu werden, und denen lauschen, die ihnen die andern zukommen lassen, bis sich die vielen Stimmen zusammenfinden zu dem großen Gespräch, in dem nichts verschwiegen wird und das nicht abreißen darf, um ihrer selbst und der der Sprache Unkundigen willen, für die sie es führen.

Als er geendet hatte, sah er Daniel an. Der aber wandte den Kopf ab, sein Gesicht war erloschen, das Kinn verkrampft, aus den Augen liefen die Tränen.

Sinnloses Bild des Friedens, gut für den Kehrichthaufen.

Das Morden dauerte an.

Aufstehen vom Sims und weiter, das Herz schlug gleichmäßig, aber ein Schmerz zog sich von der Magengrube bis zur Schulter.

Pfahlstadt, Spiegelstadt, Stadt der Kreise; Zentrifuge, die in die Mitte reißt, Mitte der Stadt, des Lebens. Hier, auf dem Pflaster des großen Platzes, hatte er Blut gesehen, zum ersten und einzigen Mal im Krieg vergossenes Blut, gerade als alles zu Ende war, am Tag der Kapitulation. Ins Läuten der Glocken, in den von den Türmen geblasenen Wilhelmus hinein fielen die Schüsse. Er war in der Nähe, drückte sich in einen Hauseingang, ging dann aber doch hin, man hatte die beiden Toten, die von einer im gegenüberliegenden Haus verschanzten SS-Gruppe niedergeknallt worden waren, schon weggeschafft, nur das Blut war noch da, zwei rote Pfützen. Wie entsetzlich, sagten die Leute, so sinnlos vergossenes Blut, jetzt noch, im Frieden. Das hieß doch, dass im Krieg vergossenes Blut sinnvoller war. Er wollte widersprechen, wagte es nicht, sie hätten jeden Deutschen gelyncht.

Heute hätte er es sagen können. Der Krieg war so lange vorbei, die Deutschen pflegten den Tourismus und brachten Geld ins Land. Der Regen hatte das Blut vom Pflaster gewaschen, es sauber gemacht für die gummibesohlten und hochhackigen Erzeugnisse einer blühenden Industrie.

Er kam am Rathaus vorbei, wo er mit Susanne getraut worden war (nach unendlichen Mühen, Vernehmungen, Protokollen, Zeugenaussagen Sabines und der van Lier hatte er eine Aufenthaltsgenehmigung bekommen – »unseren Toten zuliebe, für die Sie sich eingesetzt haben«, Daniels und Mieps Tod für seine Papiere); der Standesbeamte hielt eine lange Ansprache, in der viel von Brüderlichkeit die Rede war, trotzdem konnte er sein Befremden, dass eine Jüdin einen Deutschen heiratete, nicht ganz verbergen. Susanne im Regenmantel, ohne Hut, wie ein verwegener Junge. An die Brust gedrückt, anstelle der bräutlichen Blumen, ihr einziges Hochzeitsgeschenk, seine drei Bücher.

Sie waren noch arm, und er liebte sie. Erst später ging ihm auf, dass er sie von Anfang an mit Daniel verwechselt hatte, dem sie, bis auf die Augen, so ähnlich sah.

Wenigstens einige Stunden am Tag verschaffte sie ihm die Illusion, nicht allein zu sein, nicht der Einsamkeit ausgeliefert, konfrontiert mit dem schwarzen Wachstuchheft, in das er Anfänge schrieb.

Alle Entbehrungen ertrug sie ohne Klage. In den Illustriertenromanen, aus denen sie ihr Weltbild bezog, kamen Dichterfrauen mit wenig Geld aus. »Boheme« bedeutete, dass man keinen Staubsauger besaß und auf zwei Flammen kochte. Dafür erwarb man sich das Recht (alles hat seinen Preis), am geistigen Leben eines Schriftstellers teilzuhaben.

Er bot ihr nicht viel. (Im Grunde bot er ihr nichts als seine Liebe im Bett, von der er damals noch annahm, sie mache ihr Freude; es dauerte eine ganze Weile, bis er ihre Erregung als die perfekte Schauspielerei einer Frigiden erkannte.)

»Schreibst du an einem neuen Buch?«

»Ja«, log er, um sie nicht zu enttäuschen, und weil es bequemer war.

»Wovon handelt es?« (Selbstverständlich hat ein Buch »von etwas zu handeln«.)

»Ich spreche nicht gern davon, bevor ich fertig bin.« Sie senkte demütig den Kopf. Alles nahm sie hin, wenn es um seine Arbeit ging.

Sie hatten nur ein Zimmer. Jeden Morgen verließ sie um neun Uhr das Haus und kam erst um zwei zurück. »Ein Dichter braucht Ruhe.«

Aber die Ruhe nützte ihm nichts; je mehr Ruhe er hatte, desto weniger konnte er schreiben. (Noch leerte er die Papierkörbe selbst, Susanne brauchte es nicht zu wissen.) Die Zuversicht, ohne Zeugenschaft auszukommen, bestand nicht mehr. Und jetzt war es an der Zeit, zu reden. Bücher, Zeitungen, Zeitschriften waren mit Zeugenaussagen gefüllt. Er las sie und legte sie schnell wieder fort. Es war nicht das Richtige. Jedes Wort verkleinerte, verharmloste, es gab keine Worte für das, was geschehen war. Unbeschreiblicher Schmerz.

Dieses Zimmer seiner Niederlagen. Plüschene Möbel, eine dunkelgrundige Tapete mit Blättergirlanden. In einer Ecke die Küche. Der Abfalleimer, der trotz täglicher Leerung stank. Der Waschtisch mit der blumenbemalten Schüssel, dem blumenbemalten Krug, der Eimer daneben, an dessen Deckel Susannes Haare klebten. Das Eisenbett, für einen Menschen gedacht, in dem sie zusammen schliefen. War die Liebe vorbei, begann der Kampf um die Decke. Immer siegte Susanne. Frierend lag er an ihrer Seite. Oberflächlicher müdmachender Schlaf bis zum Morgen.

Nach dem Frühstück ging sie fort. Bei Sonne und Regen. Er fragte sie nicht, wohin. Er hätte sie fragen sollen. Es war gemein, dass er es nicht tat. Manchmal kam sie zitternd vor Nässe heim. Sie stand dann an dem kleinen Petroleumofen und schaute ihn mit runden Bernsteinaugen an. Ohne Vorwurf, mit unbewegtem Gesicht. Nie wusste er, ob sich hinter ihrer Schönheit Tiefe oder Leere verbarg.

Sie lebten von der Unterstützung wohltätiger Vereine und von dem wenigen, das Susannes reiche Verwandte aus Amerika schickten. Bis eines Tages Geld aus Berlin kam. Es war nur ein kleiner Vorschuss, ihnen aber erschien es als großes Vermögen.

»Wir ziehen nach München«, erklärte sie. »Ein deutscher Dichter gehört in deutsche Umgebung.«

Er sagte nichts dagegen, obwohl er wusste, dass das mit dem deutschen Dichter Unsinn war. Wenn er hätte schreiben können, wäre ihm die Umgebung gleich gewesen. Doch hoffte er im Zusammenleben mit Deutschen hinter das Geheimnis zu kommen, wie es möglich gewesen war.

Kaum hatten sie die Grenze hinter sich, als ihn maßlose Erregung erfasste. Er war so hoch gespannt wie sonst nur kurz vor Beginn einer neuen Arbeit. Die zerstörten Städte steigerten diesen Zustand.

Er ging durch München, und nichts erinnerte ihn daran, dass er hier einmal zu Hause gewesen war, ein Fremder, der in dem Schutt, über dem Modergeruch hing, die leuchtende Stadt nicht wiederfand. Unvorstellbar, dass hier Menschen hausten, gemeinsam mit Ratten und Katzen, in Ruinen, aus denen das Gras wuchs, blühendes Unkraut aus jeder Handvoll Erde.

»Kaffee, Zigaretten«, flüsterte es aus allen Ecken, sobald er auftauchte. Sie hielten ihn für einen Ausländer, mit dem das Geschäft sich lohnte. Zuweilen kaufte er etwas, von einer Nutte, einem alten Herrn im abgeschabten Gehpelz, einem zwölfjährigen Jungen, einer Mutter mit ihrem Säugling auf dem Arm. Wechselte ein paar Worte und versuchte aus grauen Gesichtern die Antwort auf seine Frage zu lesen. Doch erfuhr er nur das Elend der Gegenwart und nichts über die Vergangenheit.

Wollte er Butter, amerikanische Konserven, Kognak, musste er in eine Villenstraße auf den Schwarzmarkt. Hier waren die Verkäufer Ostjuden, er fand sie unangenehm und schämte sich dieser Regung.

Sie alle hatten das Lager überlebt. Waren sie Kapos gewesen, skrupellose Totschläger, oder einfach nur gerissen, in den Schlichen bewandert, die notwendig waren, um durchzukommen? Sie sprachen über Auswanderung und ihre Hoffnung, in Amerika oder Israel heimisch zu werden. Auch ihre Gesichter verschwiegen Vergangenes.

Die Lebensmittel in einer Aktenmappe verstaut, besuchte er seinen Vater, der in der ehemaligen Mädchenkammer einer Achtzimmerwohnung an der Isar, in der außer ihm noch einundzwanzig Menschen lebten, untergekommen war. Papa saß frierend auf seinem Bett und jammerte. Andere Bewohner kamen zu Besuch und jammerten auch. Selbstmitleid war ihr Thema. Jeden Tag hörte Andreas es sich eine Stunde lang an. Niemand schien zu erwarten, dass auch er etwas sagte.

Wenn die Stunde um war, stand er auf. Draußen hatte er wenigstens genug Luft zum Atmen. Heller Winterhimmel über eingestürzten Mauern. Die Arkaden sahen aus wie antike Reste. Die außen intakt gebliebene Theatinerkirche verbreitete, von den sie früher einengenden Häusern befreit, barocken Glanz.

In der Innenstadt geschäftiges Treiben. Reisigbündel, Hausrat, Bücher, Musikinstrumente wurden auf Leiterwagen transportiert. Neben einer Frauenfigur aus weißem Marmor lagen Kohlensäcke, ein Einarmiger suchte weggeworfene Zigarettenkippen. Überall Krüppel, junge Menschen in alten Soldatenjacken, von denen die Abzeichen entfernt worden waren. Frauen mit Kopftüchern, rucksackbeladen, unbestimmbaren Alters. Dazwischen sauber und satt, die Leica umgehängt, einer lässigen Herrenrasse angehörend, die Amerikaner.

Er wohnte mit Susanne in einer Art Bunker, der den Namen eines bekannten Hotels trug. Ihre Bemerkungen über ausgleichende Gerechtigkeit wischte er mit der Hand weg. Sie hatte sich mit einem Eiergroßhändler angefreundet, er ging einmal mit, zum Frühstück gab es Spanferkel und Sekt. Während des Essens führte der Gastgeber immer wieder Susannes Hand an den vom Fett triefenden Mund, gleichzeitig besprach er mit einem jungen Mann in Lederjacke ein anscheinend sehr wichtiges Geschäft, soviel zu verstehen war, handelte es sich um Lastwagen, die ins Saargebiet verschoben werden sollten. Als Susanne beim Kaffee das Wort Auschwitz erwähnte, küsste er ihre Hand von Neuem und sagte: »Sie sind viel zu schön, um daran zurückdenken zu dürfen. Lassen wir das Vergangene vergangen sein.«

Das sagten sie alle, die gefallenen Engel des Hochmuts, die sich mit emsigem Fleiß bemühten, wieder auf die Beine zu kommen, ein Dach über dem Kopf zu haben, nicht mehr zu hungern. In einem ungeheizten Keller sang eine Kabarettistin: »Wir wollen endlich wieder Frauen sein.« Erschüttert verstand Andreas, dass die Not zu groß war, um den Menschen genug Kraft zu lassen, über die Ursache ihres

Unglücks nachzudenken. Sie zahlten für etwas, das sie zwar begehrt, aber nie richtig gehabt hatten, und das war mehr, als sie begreifen konnten.

Allmählich ließ seine Spannung nach, Susanne baute das Haus, und schließlich lebte er in Deutschland, wie er in jedem anderen Land gelebt hätte.

Manchmal half er Susanne bei geschäftlichen Transaktionen. Sie war eine gute Rechnerin und hielt das Ihre zusammen, er aber hatte mehr Ideen. Ohne wirklich etwas davon zu verstehen, nur durch seine lebhafte Fantasie war ihm ein paarmal ein guter Coup gelungen. Seitdem hatte sie Vertrauen zu ihm, fragte ihn um Rat und bat ihn von Zeit zu Zeit, eine Besprechung für sie zu führen. Er tat es nicht ungern; da er keine Beziehung zum Geld hatte, verhandelte er kühl und überlegt, nicht ohne Freude, dass er sich in einer so fremden Welt behaupten konnte.

Hätte sie nur nicht versucht, sich in seine Angelegenheiten zu mengen. Eines ihrer Lieblingsworte war »Kontakte«. Sie stellte Kontakte mit Rundfunkintendanten, Regisseuren, Verlegern und Redakteuren her. Schönheit und Reichtum machten sie beliebt. Er saß meist schweigend dabei. Susanne warf ihm vorwurfsvolle Blicke zu, sobald sie allein waren, brach sie in Tränen aus. Vergebens suchte er ihr klarzumachen, dass ihn all diese Leute langweilten und ihm obendrein nichts nützten, denn er hatte kein einziges Manuskript, das er ihnen anbieten konnte. Ein paar erinnerten sich an seinen Namen, keiner forderte ihn zur Mitarbeit auf.

Eines Tages kam ein Telegramm der Principessa aus Köln: Bin glücklich, dass du lebst, schicke sofort alles, was du in der Schublade hast.

»Siehst du, man wartet auf dich«, sagte Susanne.

»Woher hat sie meine Adresse?«

Sie lachte ohne schlechtes Gewissen. Er wusste, dass sie nicht verstand, was sie ihm angetan hatte. Ohne den Versuch zu machen, es ihr zu erklären, telegrafierte er zurück: Ich habe nichts.

Glaube dir nicht, lautete die Antwort. Flehe dich an, zu keinem anderen Verlag zu gehen.

Als er darauf nicht reagierte, hörte der Telegrammwechsel auf. Die Principessa lief Menschen nicht nach, von denen sie nichts zu erwarten hatte.

Es gab eine Zeit, in der sie gesagt hatte: »Du bist das begabteste meiner Kinder, Andreas.«

Er beugte sich über ihre schmale Hand und fuhr mit den halb geöffneten Lippen über die blauen Adern und leckte mit der Zunge an ihrem alten Fleisch. Sie stieß einen Grunzton der Befriedigung aus, seine Zärtlichkeit schmeichelte ihr ebenso wie ihm ihr Lob.

Wie alt sie wirklich war, wusste kein Mensch. Uralt in seinen Augen. (Doch konnte sie so schrecklich alt gar nicht sein, Mario, ihr jüngster Sohn, sein Freund, der ihn bei der Mutter eingeführt hatte, war achtundzwanzig. Also wohl kaum über siebzig.) Aber sie wirkte durch ihre Kleinheit so zerbrechlich und zart, dass sie für ihn einfach das sich jeder Messbarkeit entziehende, keiner Wandlung mehr unterworfene

Alter verkörperte. Ebenso unbekannt wie die Zahl ihrer Jahre war ihre Herkunft. Sie selbst machte vage Andeutungen, dass sie aus dem italienischen Hochadel stamme, und streute gelegentlich in ihre Rede ein: »Auf unserem von Tiepolo ausgemalten Landsitz in der Toskana« (war Tiepolo je in der Toskana? Nachprüfen! hatte er sich notiert und es dann vergessen), »es war in unseren Kreisen üblich, dass ein junges Mädchen niemals allein auf die Straße durfte«, »durch meine Heirat mit einem Protestanten war ich für meine Familie gestorben.« Doch ihre drei Söhne behaupteten, sie komme aus Ottakring, sei beim Ballett gewesen und habe vor ihrer Ehe mit dem großen Verleger weder lesen noch schreiben können.

Das mochte übertrieben sein; auf alle Fälle hatte sie es gelernt, und zwar so gut, dass sie erst gemeinsam mit ihrem Mann und nach seinem Tod allein den Verlag leitete. Sie spürte mit ihrem enormen Kunstverstand das Echte, witterte es, auch wo es in einem Haufen von Mist verborgen lag, und zerrte es mit ihren Greisinnenfingern, die hart wie Krallen waren, ans Licht. Als dann in Deutschland das Echte nicht mehr gängig war, zuckte sie nur die Achseln und verlegte den Mist. Ihre Liebe zum Geld war um nichts kleiner als die zur Kunst. Allerdings machte ihr Mitlaufen es ihr auch möglich, hin und wieder einen unerwünschten Autor einzuschmuggeln. Andreas gehörte dazu. Der Preis, den er dafür zahlen musste, war sein Beitritt zur Reichsschrifttumskammer, was ihm zu jener Zeit erstaunlich wenig ausmachte.

Niemand sprach im Verlag anders von ihr als von der Principessa, doch nur ihre Söhne und die Autoren, die sie den »inneren Kreis« nannte, redeten sie so an. Die anderen hatten sie Frau Doktor zu nennen, mit dem Honoris-causa-Titel des Verstorbenen. Sie aber pflegte alle zu duzen.

Briefe diktierte sie (vielleicht hatte sie doch nur Lesen und nicht Schreiben gelernt), die große Unterschrift war primitiv und herrschsüchtig. Auch wenn es sich um Privates handelte, benutzte sie Geschäftspapier (auch als sie ihm im Frühjahr 43 mitteilte, dass Mario an der Ostfront gefallen war). Sonst ließ sie während des Krieges wenig von sich hören, zu jedem Weihnachten schickte sie etwas von dem nazistischen Kitsch, den sie verlegte, und fügte ihren Festtagswünschen die Mahnung bei: Arbeite weiter, mein Kind.

Bis Susanne sich an sie wandte, hatte er es verstanden, sie im Unklaren zu lassen, ob er noch lebte. Es machte ihm eine gewisse Freude, zu denken, dass sie um ihn trauerte; sie tat es mit Recht, für sie war er wirklich gestorben.

Dann kamen ihre beiden Telegramme. Susanne war unglücklich über seine Reaktion, sie hatte es wie meist gut gemeint und schlecht gemacht und traute sich nichts mehr darüber zu sagen.

Als er wenige Monate später in Köln eine Besprechung in einem Bankhaus hatte, blieben ihm ein paar Stunden bis zu seinem Zug. Es regnete, er studierte das Kinoprogramm, hatte zu keinem der Filme Lust und beschloss plötzlich, die Principessa zu besuchen.

Er bedaure, sagte der Portier im Verlag, die Frau Doktor komme nicht mehr ins Büro. Ja, doch, tätig sei sie noch immer, aber von ihrer Villa aus. Ob er dort anrufen wolle?

Statt zu telefonieren, nahm er ein Taxi. Während der Fahrt bereute er seinen Entschluss, konnte sich jedoch nicht dazu aufraffen, den Chauffeur umkehren zu lassen.

Das Haus lag nah am Wald, der Krieg hatte ihm nichts angehabt, es stammte aus der Gründerzeit und war genauso repräsentativ und scheußlich wie in seiner Erinnerung. Im Vorgarten blühten Reseden (er hatte ihren altmodischen Duft nicht mehr gerochen, seit er zuletzt hier gewesen war), dahinter standen Schalen mit Fuchsien. Nichts war verändert, wahrscheinlich gab es auch noch das Faktotum, dem die Principessa die Anordnung der Blumen überließ, sie interessierte sich nicht für den Garten, hielt die Sonne für gesundheitsschädlich und blieb am liebsten im Zimmer.

Das Mädchen ließ ihn in der Diele warten. Er sah sich um, während er in Gedanken mit der Möglichkeit spielte, vor ihrer Rückkehr heimlich fortzugehen.

Die Möbel von früher standen noch da, italienische Renaissance, sehr kostbar, von kaum zu überbietender Düsterkeit. Nur die Bilder hatten gewechselt. Wenn er sich recht erinnerte, waren es drei oder vier Werke von Liebermann, Slevogt und Leibl gewesen (»gut, aber nicht unserer Zeit entsprechend, müsste ich sie dauernd um mich haben, würde ich vor Langeweile sterben«, lautete das Urteil der Principessa), jetzt hing ein Liebespaar Chagalls da, ein Frauenkopf Picassos und Segelboote Feiningers. Er kannte sie alle aus der Zeit, in der sie als »die Kunst, die uns etwas angeht« im Zimmer gewesen waren.

Das Mädchen kam wieder und ließ ihn eintreten. Der sehr große, schwarz tapezierte Raum war mit seinen zugezogenen Vorhängen dämmrig, die wenigen modernen Möbel ließen ihn fast leer erscheinen. Durch die Leere ging Andreas auf sein Ziel zu, eine sanftes Licht verbreitende Stehlampe, doch brachte er es fertig, im Gehen den Kopf so weit zu wenden, dass er die Bilder an den Wänden sehen konnte. Es waren Tachisten, eines bestimmt ein Pollock, die Maler der anderen kannte er nicht. Neben der Lampe, aber so, dass ihr Gesicht im Schatten blieb, lag mehr, als sie saß, in einem lederbezogenen Sessel die Principessa.

Klein wie ein Kind, in etwas Graues, Flatterndes gekleidet, streckte sie ihm die Hand zum Kuss entgegen. Er konnte sich nicht entschließen, das Gerippe mit den Lippen zu berühren.

»Ich bin nicht jünger geworden, du auch nicht«, sagte sie mit scheppernder Stimme, zog mit einem Ruck die Hand zurück und wies auf einen Stuhl.

»Setz dich. Ich kann stehende Leute nicht leiden. Warum hast du aufgehört zu schreiben?«

Er setzte sich. »Es macht mir keinen Spaß mehr.«

»Larifari. Das kannst du jemand anderem erzählen. Ich weiß, wie besessen du warst. Es geht nicht mehr, das ist es, mein Junge. Leute wie du sind an diesem Nazipack zerbrochen. Ich nicht. Wenn ich hasse, werde ich stärker. Der Hass hat mich reif gemacht.« Sie kicherte vor sich hin, gnomenhaft, böse.

Erschrocken dachte er: Sie muss hoch in den achtzig sein und spricht von Reifen.

»Es ist eine herrliche Zeit. So viele Talente. Jugend, rücksichtslose Jugend, die sich einen Teufel um das Vergangene schert. Das, worüber ihr geweint habt, ist ihnen nicht einmal einen Fußtritt wert. Recht haben sie. Ihnen gehört die Zukunft.«

Das Sprechen strengte sie an. Trotzdem machte es ihr unverkennbar Vergnügen.

»Ihr habt keine Zukunft mehr. Eure Generation hat verspielt. Uns gibt es und die Jungen. Euch nicht. Ihr seid zu schwach. Taugt nicht fürs Leben. Du und mein armer Mario. Mein glücklicher Mario. Er hätte genauso wenig durchgehalten wie du. Und da ist es doch gleich besser, nicht mehr da zu sein. Beneidest du Mario nicht um seinen Tod?«

Es war eine impertinente Frage, auf die es nur eine impertinente Antwort geben konnte. Doch erwartete sie gar nicht, dass man ihr antwortete.

»Kraft gehört zum Leben. Nur wenige haben sie, und ihr schon gar nicht. Ihr seid zu sentimental. Das

Sentiment ist passé. Wenn ihr etwas von euch gebt, ist es veraltet. Du bist doch nicht etwa hergekommen, um mir etwas zu bringen?«

Er schüttelte den Kopf und dachte erheitert, dass sie ihn noch vor kurzer Zeit um etwas angefleht hatte. Jetzt rächte sie sich.

»Das ist dankenswert. Ihr solltet alle aufhören zu schreiben, es kommt doch nichts dabei heraus.«

Kichernd lehnte sie sich zurück. Er sah jetzt, dass der Sessel eine besondere Vorrichtung hatte, um den Kopf zu stützen, ähnlich wie der Stuhl eines Zahnarztes.

»Kein Hahn kräht danach, ob ihr lebt oder nicht. Es ist erstaunlich, wie viele gestorben sind. Weißt du, dass auch Roberto tot ist?«

Er wusste es nicht. Roberto war ihr ältester Sohn. Voll Mitleid wollte er ihre Hand ergreifen, stattdessen schlug sie ihm leicht auf die Wange.

»Erspare dir die Kondolenz. Wenn man so alt ist wie ich, trauert man nicht mehr. Man ärgert sich höchstens, dass einer so dumm ist, zu sterben. Mit dem Auto gegen einen Baum gerast. Wie der Held in einem schlechten Roman, wenn der Autor nicht mehr weiterweiß. Was sind das für Kerle, die sich ihre Männlichkeit durch schnelles Fahren beweisen müssen. Kein Mark in den Knochen. Welche Brut habe ich in die Welt gesetzt. Mario war noch der Beste. Der Schlechteste ist Luigi. Ein Playboy auf Mutters Kosten. Pah!«

Sie stieß diesen Laut mit tiefer Verachtung aus.

»Treibt sich mit Filmmädchen an der Riviera herum. Spielt und säuft. Liest nie ein Buch. Und so etwas ist des Doktors und mein Sohn. Er darf mir nicht mehr ins Haus. Natürlich könnte ich ihm sein Geld sperren, ihn entmündigen lassen, aber wozu soll ich mir das antun? In meinen Jahren schadet Aufregung der Gesundheit. Und ich habe vor, noch lange gesund zu bleiben. Denn ich liebe das Leben.«

Kichernd und schnaufend war sie ins Licht gerutscht. Sie hatte über ihr Haar, das er als schütter kannte, eine blonde Perücke gesetzt, ihr von vielen kosmetischen Operationen maskenhaft gewordenes Gesicht war rosig geschminkt. So mussten amerikanische Leichen aussehen, denen ein Musikapparat dreimal am Tag Beethoven oder Gershwin vorspielt.

Er überlegte die Flucht. Furcht lähmte ihn. Nicht Furcht vor dem Ungeheuer, das ihm gegenübersaß; elementare, irrationale Furcht.

»Was treibst du«, fragte sie und sank in den Schatten zurück. »Es scheint dir nicht schlecht zu gehen. Du siehst anständig aus. Hast du eine reiche Frau?« Wieder brauchte er nicht zu antworten.

»Kein Wunder, dass es dir gut geht. Allen geht es gut. Wenn einer unfähig ist, Geld zu verdienen, gibt es immer jemand im nahen Umkreis, dem er es abnehmen kann. Auch mein lieber Mario hätte wahrscheinlich reich geheiratet. Das Einzige, wozu eure Generation taugt, ist, Erbinnen zu beschlafen. Es gibt Schlimmeres, du brauchst nicht rot zu werden, reiche Erbinnen sind meist wohlerzogen und von guter Rasse. Roberto hat mir eine Sächsisch sprechende Kleinbürgerin hinterlassen. Orribile! Diese Person verlangt von mir, dass ich mich um ihre Kinder kümmere. Dabei sind mir Windeln das Widerlichste der Welt.«

»Windeln?«, fragte er. »So kurz ist Roberto erst tot?«

»Windeln im übertragenen Sinn. Sei nicht so begriffsstutzig. Früher warst du doch immer ganz intelligent. Roberto ist vor drei, nein, warte, vor vier Jahren verunglückt. Und jetzt soll ich liebende Großmutter spielen. Dada und eiei. Pah!«

Sie lachte nicht mehr. Noch weiter auf den Stuhl zurückgerutscht, sagte sie hart: »Ich zahle für sie. Für alle muss ich bezahlen. Weil sie zu faul und untüchtig sind, sich selbst zu ernähren. Den Verlag mache ich mit fremden Leuten. Robertos Ältester ist sechzehn. Er könnte schon anfangen. Stattdessen will er Atomphysiker werden. Die Welt in die Luft sprengen. So soll er doch, wenn es ihm Spaß macht. Hast du Kinder?«

Diesmal wartete sie wirklich auf Antwort.

»Endlich hört man etwas Vernünftiges von dir. Kinder sind schrecklich. Wenigstens die eigenen, die an einem hängen wie Blutegel. Ich habe die anderen. Meine guten Knaben. Ja, es ist auch ein Mädchen darunter, doch schreibende Frauen sind mir ein Gräuel. Frauen überhaupt. Leider ist sie so begabt, dass sie mehr einbringt als die Jungen zusammen.

Aber an Witz und Esprit kann sie es mit ihnen nicht aufnehmen. Sagt diese lyrische Kuh doch neulich zu mir: ›Ihre Knaben befinden sich in einer Sackgasse, verehrte Frau Doktor. Was Sie da treiben, ist Spielerei. Das haben die Kabbalisten besser gekonnt.‹ Am liebsten hätte ich sie hinausgeworfen, doch ist sie, Gott sei es geklagt, zu kostbar. So eine Frechheit. Nur weil sie nicht aufgefordert wurde, bei Exercise mitzuschreiben, macht sie es jetzt madig. Kennst du Exercise?«

»Nein.«

»Dort drüben liegt es auf dem Tisch. Hole es dir.«

Er war froh, dass er aufstehen konnte, dehnte den Gang zum Tisch (vier Schritte nur, aber aus vier Schritten lässt sich schon etwas machen), blieb stehen, nahm zwei schwarze Hefte, Exercise eins und Exercise zwei, und wollte sie noch vor dem Tisch stehend durchblättern, als die Principessa befahl: »Komm her.«

Gehorsam ging er zurück (es gelangen ihm dabei sechs Schritte, eine Verbesserung) und setzte sich auf seinen alten Platz.

»Lies!«, sagte sie, aber zunächst kam er nur zum Schauen, es waren Sehgedichte; die Worte weit auseinandergezogen, weder dem Duden noch der Phonetik entsprechend getrennt, schief über die Seite, im Kreis angeordnet, teils gedruckt, teils mit der Maschine geschrieben, und weil er das alles sehr gut von seinen eigenen Versuchen kannte, war er gerührt und belustigt. Was er las, langweilte ihn. Er konnte dem schriftstellernden Mädchen nicht unrecht geben, wenn sie es für Spielerei hielt. Was aber war keine? Und warum sollten die Jungen nicht spielen? Spielen ist besser als Heucheln. Er hatte sich abgewöhnt, das zu verurteilen, mit dem er nichts anfangen konnte.

Als er noch las, hörte er ein Geräusch. Ein junger Mann hatte das Zimmer betreten, mit dem leisen Nachdruck des Stars, der die Mitspielenden erstarren und das Publikum in Applaus ausbrechen lässt. Er war seiner Wirkung so sicher, dass er sie durch nichts unterstrich, wenn man davon absah, dass er ein Exemplar von Exercise in der Hand schwenkte. Er war groß, blond, schlecht gekämmt und hatte ein edel entworfenes Gesicht, das aber durch irgendwelche Ausschweifungen (es konnten auch intellektuelle sein) beschädigt war. Wahrscheinlich stellte ein junges Mädchen sich heutzutage so einen Dichter vor. Vorausgesetzt, dass sie das Böse, das er ausstrahlte, nicht entdeckte. Aber es konnte auch sein, dass gerade das Böse zu ihrem Bild des Dichters passte.

Schnell trat er auf die Principessa zu (vom Tisch aus brauchte er nur drei Schritte), beugte sich über ihre Hand, strich mit den halb geöffneten Lippen darüber und biss dann kräftig zu, was ihr einen wollüstigen Schmerzensschrei entlockte. Als er losließ, sagte er: »Principessa mia, haben wir eine angenehme Nacht verbracht?«

»Schlaflos wie immer.«

»Arme, geliebte Principessa.«

Als sie ihm Andreas, der bis jetzt Luft für ihn gewesen war, vorstellte, wandte er kaum den Kopf und sagte betont unfreundlich: »Sehr erfreut.« Plötzlich runzelte er die Stirn. »Haben Sie früher nicht mal geschrieben? Später Expressionismus oder so. Aber das kann wohl nicht stimmen. So alt sind Sie doch gar nicht.«

Die Principessa quäkte vor Vergnügen.

»Man hat dich vergessen. So schnell geht das, wenn man nicht hält, was man verspricht.«

Dann wurde sie, wie er es früher oft gesehen hatte, zur feierlichen Priesterin, streckte den Arm aus und verkündete: »Jeremy Schluck.«

Offensichtlich musste man Jeremy Schluck kennen. Als er nicht reagierte, fügte sie hinzu: »Das begabteste meiner Kinder.«

Er wusste nicht, ob sie sich daran erinnerte, dass sie ihn auch so genannt hatte. Ob es ein gezielter Affront war oder nur Zufall. Aber was das »ihr taugt nicht fürs Leben« nicht zustande gebracht hatte, trat ein: Es schmerzte.

Jeremy Schluck sah es und lächelte.

»Verehrungswürdigste«, sagte er, »wir wollen zur Sache kommen. Ich muss heute Abend bei der Preisverteilung die Laudatio halten. Und morgen einen Vortrag bei der Kant-Gesellschaft. Von dem habe ich noch kein Wort zu Papier gebracht.«

Jetzt lächelte Andreas, aber der Schluck sagte drohend: »Zu Papier, mein Herr, im Kopf ist der Vortrag selbstverständlich perfekt. Man hat seine Verpflichtungen zu erfüllen. Ihr wart zwar schlechtere Dichter, habt aber ein wesentlich einfacheres Leben gehabt. Nicht diese Hetzjagd. Wer sich nicht rührt, zählt nicht. Also rühren wir uns.«

Er legte das schwarze Heft auf ein rotes Kissen, das er Andreas hinter dem Rücken wegzog, und überreichte es der Principessa.

»Exercise trois, Erlauchte. Mit der Bitte um allerhöchstes Wohlwollen.«

Sie nahm es strahlend und blätterte es durch, erst langsam, dann immer hastiger. Soviel Andreas sehen konnte, bestand es aus teils regelmäßig, teils unregelmäßig aufeinanderfolgenden schwarzen und weißen Blättern, die leer waren.

Nervös hielt sie es unter die Lampe, dann brach sie in Klagen aus: »Meine Augen. Meine armen Augen. Ich wusste wahrhaftig nicht, dass sie so schlecht sind. Nichts sehe ich mehr ohne Brille. Jeremy, mein Lieber, geh doch hinüber ins Arbeitszimmer, sie muss auf dem Schreibtisch liegen.«

Jeremy bog sich vor Lachen.

»Principessa mia, Ihre unvergleichlichen Augen sind gut wie immer. Sie sehen richtig. Die Blätter sind leer.«

Sie sah hilflos aus wie ein Schulmädchen, das seine Aufgabe nicht gelernt hat. Vergebens suchte sie in Jeremys Gesicht zu entdecken, ob er es ernst meinte oder nur Spaß machte. Er blickte streng geradeaus und hütete sich, es ihr zu sagen.

Schließlich begann sie sich vorzutasten.

»Ist das Heft fertig? Soll es so herausgehen?«

»Natürlich, Altezza, was sonst?«

Da klatschte sie vor Vergnügen in die Hände.

»Ach, ihr wunderbar frechen Kinder. Lasst die Leute bezahlen und schickt ihnen leere Blätter ins Haus. Provoziert die Bourgeois. Recht so, ihr Lieben, ihr seid auf dem guten Weg.«

Jeremy Schluck nagte an seiner Unterlippe, seine Nasenflügel wippten kaninchenartig auf und nieder. Mit einer rüden Bewegung riss er ihr das Heft aus der Hand.

»Welch ein horrendes Missverständnis, Principessa. Es geht uns nicht ums Provozieren. Wir haben Exercise trois den Menschen zur Freude erdacht. Diese Folgen von Schwarz und Weiß sind komponierte Rhythmen, sie sollen und werden die Fantasie anregen. Wir sind keine Hersteller von Fertigprodukten, wir liefern Material, das zum eigenen Denken zwingt. Nur darauf kommt es an. Schluss mit der Konfektion, Schluss mit der Unselbstständigkeit. Jeder ist ein Dichter. Wenn einer nichts damit anzufangen weiß, desto schlimmer für ihn.«

Jeremy meinte es ernst. Schweiß stand auf seiner Stirn. Er und die anderen, von denen er als wir sprach, hatten entdeckt, dass man aus der Leere Funken schlagen kann.

Sackgasse oder Weg? Andreas konnte es nicht entscheiden. Er war beeindruckt und angewidert.

Eine neue Welt. Geschichtslos. Unsere Geschichte, die Geschichte des Mordens ist gegenstandslos geworden. Schwarze und weiße Blätter. Bewegung und Rhythmus. Uranfang nach zu viel Gewesenem.

Ratlos schauten die alten glasigen Augen der Principessa umher. Um den chirurgisch gespannten Mund zuckte es. Gleich würde sie anfangen zu weinen. Kannte er sie so schlecht? Die Krallen zu Fäusten geballt, mit ungeheurer Anstrengung stieß sie kurze krächzende Schreie aus. Jubel, der wie Verzweiflung klang.

»Ihr wunderbaren Kinder«, stammelte sie, sich hütend, noch einmal das Falsche zu sagen, »euch gehört die Zukunft. Komm her, mein Jeremy, ich will dich küssen.«

Da ließ der Schluck sich auf ein Knie nieder und senkte den Kopf so tief, dass sie nichts anderes mit ihren Lippen erreichen konnte als seine Stirn.

Selbst ein Kuss war zu viel für sie. Mit leisem Stöhnen legte sie sich zurück.

Jeremy nahm ihre Hand in den Mund und lutschte daran herum.

Dann flüsterte er: »Principessa mia, das arme Kind hat Schulden. Ich brauche Geld.«

Unbemerkt von den beiden ging Andreas fort.

Nein«, sagte er.

»Ja«, sagte er.

»Nein«, sagte er, und dann schließlich doch »Ja«. Weil er Ja gesagt hatte, lag er jetzt auf dem Sofa und hörte hinter sich die Stimme: »Sprechen Sie alles aus, was Ihnen gerade einfällt.«

»In Ihrem Wartezimmer steht eine gotische Madonna, kein gutes Stück, ich halte sie für eine Nachahmung aus dem 19. Jahrhundert. Der Madonna gegenüber hängt ein abstraktes Bild, das ist keine Nachahmung, aber trotzdem schlecht. Von Kunst scheinen Sie nicht viel zu verstehen. Auf dem runden Tisch liegen drei Zeitschriften. Kultur für den Hausgebrauch. Ich habe sie durchgeblättert, jede zeigt gotische Madonnen und abstrakte Bilder, sowie Villen, die voll gotischer Madonnen und abstrakter Bilder sind. Um Ihren runden Tisch stehen fünf Empirestühle. Klobig und unbequem. Ist es Absicht, dass Ihre Patienten unbequem sitzen, bevor sie zu Ihnen kommen? Glauben Sie, Unbequemlichkeit fördere die Konzentration? Bei mir ist das nicht der Fall. Unbequemlichkeit reizt mich, wenn ich gereizt bin, werde ich unkonzentriert. Und warum sind es fünf Stühle? Warum nicht sechs, womit sich eine gewisse Symmetrie erreichen ließe. Drei ginge auch, drei ist eine heilige Zahl und sehr symbolkräftig. Warum gerade fünf? Sie empfangen Ihre Patienten nur nach Verabredung, jede Sitzung dauert eine Stunde. Folglich ist es unwahrscheinlich, dass sich mehrere Menschen in Ihrem Wartezimmer begegnen. Kommen ganze Familien zu Ihnen? Eltern und drei Kinder? Und was geschieht, wenn es vier Kinder sind? Muss eines dann auf dem Schoß der Mutter sitzen? Es könnten ja auch erwachsene Kinder sein. Eine peinliche Situation. Was sollen also die fünf Stühle?«

»Sprechen Sie weiter«, sagte der Mann hinter ihm. »Was Ihnen in den Kopf kommt. Das war ein guter Anfang.«

»Sie sollten Ihre Zimmerdecke weißen lassen. Sie ist schmutzig. Wahrscheinlich haben Sie noch nie hier gelegen. Tun Sie es doch. Es würde Ihren Entschluss, den Maler kommen zu lassen, stimulieren. Wie wäre es mit einer anderen Farbe? Mit einem tiefen Rot? Man weiß heutzutage doch über diese Dinge Bescheid. Tiefes Rot erzeugt Wärme und Wohlbehagen. Haben Sie keine Wärme nötig?«

Er machte eine Pause, erhielt aber keine Antwort. »Ist Ihre Unhöflichkeit Prinzip?«

Wieder Pause, wieder keine Antwort.

»Sie bestehen also auf einem Monolog. Was machen Sie, wenn ich nicht weiterspreche?«

»Ich warte.«

»Wie viel bekommen Sie pro Minute für Ihr Warten? Den Preis hat meine Frau mit Ihnen ausgemacht, ich setze aber voraus, dass Sie sehr teuer sind. Meine Frau hält sich nur an das Teure, sie glaubt fest daran, dass das Teure auch das Gute ist. Möglicherweise sind Sie sogar gut. Die Frauen werden auf Sie fliegen. Sie sehen sehr gut aus, ein Herr mit grauen Schläfen, sportlich, ein Weltmann, der es sich leisten kann, in einer Cordjacke mit offenem Hemd herumzulaufen. Sicher wissen Sie, wie man St. Moritz ausspricht, wo auf der Welt man die besten Hummern und wo die besten Steaks isst, und dass jemand, der auf sich hält, im Danieli und der Villa Igea wohnt. Es ist nicht unmöglich, dass Sie Großwild in Afrika jagen, bestimmt aber sprechen Sie oft auf Kongressen und sind ein eifriger Publizist.«

Er schwieg erschöpft, sein Kopf lag zu flach, doch war es ihm lästig, um ein zweites Kissen zu bitten. Der Mann hinter ihm rührte sich nicht, nur sein leises Atmen war zu hören. Ein unsympathisches Atmen. Von der Stille gequält, fing er wieder zu reden an.

»Vor einem Metzgerladen in Tetuan standen vier an den Fesseln abgeschnittene Pferdebeine.«

Er stieß das Kissen weg, vielleicht war es weniger unerträglich, ganz flach zu liegen. Die Perserdecke, die über dem Sofa lag, kratzte ihn am Hinterkopf. Er angelte sich das Kissen wieder, drückte es zusammen und schob es in den Nacken. Die Stimme sagte: »Weitersprechen.«

»Wann schalten Sie die Scheinwerfer ein?«

Keine Antwort. Ein Streichholz wurde über eine Reibfläche gezogen und flammte auf. Der Mann hinter ihm zündete sich eine Zigarette an.

»Wollen Sie mir die brennende Zigarette auf die Stirn drücken?«

Ein kurzes Lachen. »Weitersprechen. Was Ihnen einfällt.«

»Luftinjektionen in die Venen sind eben nicht opportun. Ich unterstelle, dass Sie keine Spritze in der Hand haben.«

»Das ist ein schöner Komplex, den Sie da haben«, sagte die Stimme. »Vermutlich nicht Ihr einziger. Wir werden ja sehen.«

Draußen, weit entfernt, fuhr eine Trambahn vorbei. Er zuckte zusammen, zog die Beine an. Unfähig, sie wieder zu strecken.

»Entspannen Sie sich«, befahl die Stimme.

Nach einigen Versuchen gelang es ihm, die Knie durchzubiegen. Er lag wieder flach, doch blieben die Muskeln verkrampft.

Dann gab er sich einen Ruck, um aufzustehen. Zwei Hände drückten ihn an den Schultern nieder. »Liegen bleiben. Weitersprechen.«

»Vier abgeschnittene Pferdebeine mit Hufen.«

Nichts anderes fiel ihm ein.

»In Tetuan«, half die Stimme nach.

Er presste die Lippen aufeinander, schloss die Augen.

Der Mann hinter ihm wartete. Atmete. Die Stille

war fürchterlich. Er wusste, dass er sie nicht lange würde ertragen können. Zog die Beine an und hoffte auf den Befehl, sich zu entspannen. Aber es kam nichts. Nach einer Weile ergab er sich.

»Meine Frau, die viel lieber reist als ich, fürchtet sich vor Eingeborenenvierteln. Vielleicht ein im Lager entstandenes Trauma. Sie hasst Schmutz und verabscheut Krüppel. Deshalb kam sie nicht mit in die Kasbah, sie nahm den Wagen und fuhr zum Baden ans Meer. Es macht ihr nichts aus, zwanzig oder dreißig Kilometer allein durch Afrika zu fahren. Sie ist sehr mutig, ihre Angst beschränkt sich auf bestimmte Dinge.«

Eine Fliege setzte sich ihm auf die Nase, er jagte sie mit der Hand fort, im nächsten Augenblick war sie wieder da, der Vorgang wiederholte sich.

»Weiter«, sagte die Stimme.

»Sind Sie einmal in einer Kasbah gewesen?«

»In Tanger.«

»Das ist nicht das Richtige. Zu viele Europäer, zu viele Touristen. In Tetuan habe ich keinen Europäer getroffen.«

Wieder die Fliege. Er klatschte sich mit der Hand auf die Stirn, ohne sie zu treffen.

»Weiter.«

»Am Anfang sah alles gut übersehbar aus, in einer Basarstraße saßen die Schuster, in einer anderen die Schneider, in einer dritten die Brillenmacher, in einer vierten die Korbflechter. Es wurde wenig gekauft, die Menschen gingen umher, redeten, gingen wieder, redeten wieder, gingen wieder, finster geschäftig, offensichtlich ohne Freude am Herumlungern und ohne Ziel, so viele, dass es unmöglich schien, es könnten noch welche in den Häusern sein, alle zerlumpt, die meisten mit entzündeten Augen, aus denen Eiter tropfte, sehr viele blind. Entsetzliche Hautausschläge, zerfressene Gesichter, Verkrüppelungen fanatisch zur Schau gestellt. Durch mich sahen sie hindurch, als wäre ich Glas.«

Die Fliege setzte sich auf seine Oberlippe, er schloss den Mund. Sie flog hoch und kroch über die graue Decke. Er schwitzte, zog das Taschentuch aus der Hosentasche und wischte sich das Gesicht ab. Obwohl die Pause lang war, sagte die Stimme nichts.

»Es wäre leicht für sie, einen Europäer umzubringen. Niemand würde ihn finden. Ich hätte nicht viel dagegen gehabt, umgebracht zu werden. Deshalb ging ich weiter.«

Die Fliege kroch nicht mehr, sie saß ganz ruhig, ein dunkler Punkt. Bereit, sich auf ihn herabzustürzen. Er starrte zu ihr hinauf.

»Immer tiefer hinein, den Hügeln zu, wo es keine Häuser mehr gibt, nur Hütten und Höhlen. Ein paar armselige Geschäfte. Kaum Menschen. Vor einem Metzgerladen die Pferdebeine. Glatt an den Fesseln durchschnitten, die braunen Haare blutverschmiert. Sie standen nicht nebeneinander, sondern so, als gehörten sie zu einem lebenden Tier. Es würgte mich. Ich hatte nie etwas ähnlich Entsetzliches gesehen. In meinem ganzen Leben nicht. Nie.«

Schrill, obwohl der Mann hinter ihm nichts gesagt hatte.

»Statt fortzulaufen, blieb ich stehen. Bemerkte, neben den Pferdebeinen, an die Mauer gedrückt, einen zerlumpten Jungen in einem braunen Burnus. Die Kapuze verdeckte sein Haar. Die Hand hielt er ausgestreckt, zur Schale gebogen, bewegungslos; nichts als diese Hand deutete an, dass er bettelte. Ich holte alles Kleingeld hervor, das ich lose in der Tasche trug, und legte es in die Hand. Sie schloss sich nicht, blieb weiter ausgestreckt. Der Junge hatte entzündete Augen, wenn auch ohne Eiter. Einen Augenblick dachte ich, er sei blind. Aber dann begriff ich, dass er nicht wie die anderen durch mich hindurchblickte, er schaute mich an.«

Die Fliege war von der Decke herabgeflogen und umschwirrte summend sein Gesicht. Er schlug mit dem Taschentuch nach ihr. Sie setzte sich auf die bräunliche Tapete.

»Er sah Daniel ähnlich. Das taten sie alle. Nur er noch mehr.«

»Wer ist Daniel?«, fragte die Stimme.

Er war erstaunt, dass Susanne es nicht erzählt hatte. »Das tut nichts zur Sache.«

Plötzlich warf er sich herum und schlug mit der flachen Hand gegen die Wand. Da klebte die Fliege, ein schwarzer Fleck.

»Verzeihung«, murmelte er, »Ihre Tapete.«

»Sie ist abwaschbar«, sagte die Stimme. »Weiter.«

»Die Münzen lagen noch immer auf seiner Hand.

›Sorella‹, flüsterte er. Als ich nicht begriff, sagte er noch einmal lauter: ›Sorella.‹ Jetzt verstand ich, dass er mir seine Schwester anbot. Ich schüttelte den Kopf. Da ließ er die Münzen in seinen Burnus gleiten und nahm mich an der Hand. Ich wehrte mich nicht. Warum? Ich weiß es nicht.«

»Lust am Abenteuer?«, sagte die Stimme.

»Nein. Das bestimmt nicht. Eher die Ähnlichkeit. Daniel, mit entzündeten, fast toten Augen. Derselbe Gesichtsschnitt, dieselbe schmale, leicht gebogene Nase, dieselbe braune, sehr lange Hand.«

Als seine Beine im Krampf zuckten, legte ihm der Mann die Hand auf die Stirn. Eine kräftige, sehr männliche Hand, die nach Zigaretten und Lavendel roch. Sie wirkte beruhigend. »Weiter«, sagte die Stimme.

»Ich ließ mich mitziehen. Nur wenige Schritte bis zum Eingang einer Hütte. Wir kamen in einen schmutzigen Raum, in dem es außer zwei Stühlen nur ein Bett mit einer Pferdedecke gab. Der Fußboden war aus Lehm. Die Hütte hatte kein Fenster, das Licht fiel durch den schwarzen Perlenvorhang in der Türfüllung. Auf dem Bett kauerte ein Mädchen, das sofort aufstand, ein Kind von höchstens zwölf, in einem grauen europäischen Kittel, einer Art Schuluniform, nur fehlte der weiße Kragen. Auch sie sah Daniel ähnlich, mehr noch als der Bruder, denn ihre Augen waren gesund. Ohne mich zu grüßen, streifte sie den Kittel ab und war nackt. Sie hatte einen süßen Kinderkörper mit dem ersten

Ansatz von Brust. Ich trat einen Schritt zurück. ›Bella‹, sagte der Bruder anpreisend. ›Bellissima‹, antwortete ich anerkennend, obwohl ich überzeugt war, dass er die Steigerung nicht verstand. Er sagte etwas Arabisches, es musste so etwas heißen wie ›bitte!‹ – ›No‹. Das begriff er. ›Non dormire?‹, fragte er enttäuscht. Dann lächelte er und sagte: ›Vedere.‹ Wahrscheinlich waren dies seine einzigen italienischen Worte, man hatte sie ihm für diesen Zweck eingelernt. Erst in diesem Augenblick verstand ich, auf was ich mich eingelassen hatte, und wehrte mit der Hand ab.«

Er zog die Beine wieder an. »Kann ich eine Zigarette haben?«

»Alles, womit Sie sich entspannen.«

Die Zigarette wurde ihm in den Mund gesteckt, wieder fuhr das Streichholz über die Reibfläche und schwebte brennend über seinem Kopf. Als die Zigarette brannte, stellte die Hand einen Aschenbecher neben ihn.

Er inhalierte den Rauch.

»Weiter«, sagte die Stimme.

»Ich wehrte ab und blieb. Jetzt war auch der Junge nackt. Sehr schlank, sehr schön. Er schob mir einen Stuhl hin, trat hinter die Schwester und legte einen Arm um sie, wobei er die Andeutung ihres Busens mit der Hand bedeckte. Ich hätte es ungeheuerlich finden müssen, zwei Kinder, Geschwister, führten mir die Ars amandi vor, im Stehen, im Knien, im Liegen, bald er über ihr, bald sie über ihm, Liebkosungen mit dem Glied, dem Mund, den Händen, raffinierte Griffe, akrobatische Verrenkungen, aber alles ganz leicht, ganz tänzerisch, es war weder roh noch gemein, man kann es nicht schildern, und ich verlange nicht von Ihnen, dass Sie mir glauben.«

»Warum sollte ich Ihnen nicht glauben?«, fragte die Stimme, unerwartet sanft.

»Alles ging nach bestimmten Regeln vor sich, einstudiert wie ein Ballett, überhöht, artifiziell. Es war Kunst, und zwar so vollendete, wie sie mir weder vorher noch nachher begegnet ist. Ihre schmalen braunen Körper glänzten, sie stießen Schreie aus. Ich war überzeugt, dass sie sich trotz dem eingedrillten Schauspiel liebten und großen Genuss empfanden.«

Er schloss die Augen und hoffte, jetzt schlafen zu dürfen, doch sagte die Stimme, wieder kalt und fordernd: »Weiter.«

»Ich weiß nicht, wie lange es dauerte, war hingerissen, verzaubert, berauscht; es hatte nichts mit Wollust zu tun, ich begehrte diese beiden nicht und vergaß keinen Augenblick, dass sie Kinder waren. Auch war ich mir der entsetzlichen Erniedrigung bewusst, aber das Wunder bestand ja gerade darin, dass alles hier so dicht zusammenlag, die Grenzen verwischten, schön war hässlich, hässlich schön.«

Er drehte den Kopf zur Wand und starrte auf den Fleck. In dem Schwarz war ein wenig Rot, ein winziger Blutstropfen. Er atmete schwer, sprach mühsam.

»So sehr berauscht, da waren die Kinder fort, an ihrer Stelle war Daniel, Daniel und noch einmal Daniel, die beiden Daniels liebten sich, sie würden einen dritten Daniel zeugen, dessen war ich gewiss. Daniel, der Unsterbliche, war zurückgekommen, die Welt war wieder intakt, ohne Mörder, frei für das Wort, für mein Wort.«

Er schluchzte auf, dann redete er ruhig weiter.

»Irgendwann einmal ließen sie sich los, die Schwester schlüpfte in ihren Kittel, der Bruder band sich ein Tuch um die Lenden und schaute mich fragend an, ob ich zufrieden sei. Ich nickte und griff nach meiner Brieftasche, bereit, ihnen alles zu geben, was ich bei mir hatte. Aber die Brieftasche war fort, verloren, gestohlen, ich weiß es nicht. Ich versuchte es dem Jungen pantomimisch zu erklären. Er sah mich verständnislos an. ›Domani‹, sagte ich, ›ritornerò domani.‹ Vergebens. Er streckte die Hand aus, wieder zur Schale gebogen. ›Domani‹, sagte ich verzweifelt, ›domani. Morgen, mañana, demain, tomorrow.‹ Nichts hatte Erfolg. Die Schwester trat hinzu, auch sie streckte die Hand aus und murmelte flehend. Ihre Augen bettelten. Daniels Augen. Und ich konnte ihr nichts geben.«

»Die Kinder werden die Brieftasche gestohlen haben. Ein alter Trick«, sagte die Stimme verächtlich.

»Nein!«

Er wollte sich umdrehen, wurde zurückgehalten.

»Weiter.«

»Die beiden Hände blieben ausgestreckt. ›Soldi!‹, sagte der Bruder. ›Soooldi!‹ sang die Schwester ihm nach. ›Domani, non oggi, domani.‹ Ihr Nichtverstehen machte mich ungeduldig, die Verzauberung war weg, ich wusste bereits, dass auch dies nichts geholfen hatte. Ich verspürte Lust, sie zu schlagen, Intelligenz in sie hineinzuprügeln. Dumme kleine Tiere, die nichts begriffen. Plötzlich schoss die braune Hand des Mädchens mit den schmutzigen Nägeln nach vorne in meine Brusttasche. Als er das sah, begann der Junge an meiner hinteren Hosentasche herumzufingern. Sie sprangen an mir hoch, durchsuchten mich, einen Schwall arabischer Worte ausstoßend, es klang wie das zornige Streiten von Affen. Ich schlug um mich; sie waren schneller, gewandter, wenn es mir gelang, den einen abzuschütteln, hing der andere an mir, meist aber alle beide, sie zogen mich am Haar, zerkratzten mir das Gesicht und heulten, weil sie nichts fanden. Dann entdeckten sie etwas, das sie lockte. Die Schwester biss sich an meiner Hand fest, während ich vor Schmerz schrie, riss mir der Bruder die Uhr vom Handgelenk. Es war Daniels Uhr. Er hatte sie jeden Abend, bevor er fortging, auf ein Tischchen neben sein Bett gelegt, und seit er nicht wiedergekommen war, trug ich sie. Ich versuchte sie ihnen wieder wegzunehmen, es gelang nicht, zu zweit waren sie mir überlegen. Doch konnte ich schließlich beide mit Fußtritten einen Augenblick lang von mir fernhalten, und diesen Moment benutzte ich zur Flucht. Die Schwester verfolgte mich auf die Straße, ich rannte, so schnell es ging, da sauste ein Pferdebein an mir vorbei. Das zweite traf mich am Hinterkopf; der Huf musste mir die Haut aufgerissen haben, es war ein dumpfer Schmerz, ich fasste mit der Hand hin, sie war voll Blut. Ich lief und lief, das Taschentuch an die Wunde gepresst, nach einer Weile sah ich mich um, es war niemand mehr da.«

Er stieß das Kissen fort. Die Decke kratzte noch immer, doch unternahm er nichts mehr dagegen. Todmüde streckte er sich aus.

Dann tippte die Hand auf seine Schulter.

»Die Stunde ist um. Sie können gehen. Morgen um dieselbe Zeit. Sie sind ein Patient, der gut mitarbeitet, ich wollte, ich hätte viele von dieser Art. Vergessen Sie nicht, sich Ihre Träume zu notieren. Träume sind mir vor allem wichtig.«

Als er aufstand, war der Arzt fort. Ein blondes Mädchen im weißen Kittel half ihm in den Mantel. »Nein«, sagte er daheim zu Susanne. Und bei diesem Nein blieb es.

Spiegelstadt, Fensterstadt.

Stadt der Reflexe, der wiederkehrenden Bilder, vom Wasser zurückgeworfen, von den Fenstern zurückgeworfen, ewiges Ballspiel mit Bildern, hin und her, ohne Ermüdung, Matchball erst wenn die Sonne untergeht.

Dann ist es Zeit, an den Huren vorbei, die üppig hinter Fenstern thronen, zum Zeedijk zu gehen, der Matrosenstraße, um ein Bier zu trinken und sich durch das Zusammenklingen aller Sprachen überzeugen zu lassen, dass jetzt nicht mehr damals ist.

Vielleicht wird einer da sein, dem er erzählen kann, der Mensch, der sich die Beichte des Camusschen Helden angehört hat, aber natürlich gerät er ins falsche Lokal.

Niemand war da als ein männliches Paar, ein etwa Fünfzigjähriger, der ganz danach aussah, als warteten in einer kleinen Provinzstadt Frau und Kind auf ihn, und ein Junge mit dunkel nachgezogenen Augenbrauen und gebleichtem Haar, ein Kellerkind, das sich langweilte, eine Zigarette rauchte und dem Freier affektiert die Hand streichelte; erst als ihm der ein Geldstück gab und er damit die Musikbox in Aktion setzte, verfiel er aus der Lethargie der Langweile in die Lethargie des Entzückens, schwiemelige Augen, leichtes Wiegen des Körpers und ein selig-blödes Lächeln um den Mund.

Der Wirt saß Zeitung lesend hinter der Theke, deutlich entschlossen, sich von seinen Gästen, nachdem er sie unwillig bedient hatte, nicht mehr stören zu lassen. Er sah aus wie ein Volksschullehrer, hager, mit Brille, ein Pfennigfuchser mit Ehrgeiz zu Höherem.

Auf einem Stuhl lag zusammengerollt eine fette graue Angorakatze, um die Theke strich ein glatthaariger gelber Hund mit schönen ausdrucksvollen Augen, aber nervös und scheu und ebenso abgemagert wie sein Besitzer. Nach einer Weile streckte er sich in einer dunklen Ecke aus, den Kopf auf den Pfoten.

Nur der Herr, der die Beichte hätte abnehmen können, war nicht da, es gab ihn nicht, Camus hatte ihn erfunden, er war der Kunstgriff eines Dichters, in Wirklichkeit pflegen die Menschen sich nicht viele Stunden lang die Geschichte eines Unbekannten anzuhören. Wahre Geschichten sind langweilig, wir haben das Fernsehen, das Kino, den Fußballplatz, das ist das Leben, wenn Sie beichten wollen, werden Sie katholisch.

Er wollte ja auch nicht beichten, konnte es gar nicht, er hatte nichts getan. Nichtstun kann böser sein als Tun, aber was hätte er tun sollen? Was anderes als warten?

Warten, aufstehen, herumgehen, am Fenster stehen, sich setzen, mit den Fingern auf den Tisch trommeln, mit den Nägeln über Glas kratzen, die Stirn an die Wand pressen, eine Zigarette anzünden, zwei Züge rauchen, die Zigarette wieder ausdrücken, das zerfetzte Bild anschauen, mit sich selbst Schach spielen, immer die gleiche Partie, wenn Schwarz gewinnt, wird alles gut, wenn Weiß gewinnt, geht es schlecht, aber jedes Mal endet es remis, sich aufs Bett werfen, aufstehen, warten.

Lieber Gott sagen, ohne an Gott zu glauben.

Das Gedicht verbrennen, das er in der Nacht nach dem Spaziergang über die Felder beendet hat. In der Nacht vor dem Morgen, an dem Daniel nicht zur gewohnten Stunde nach Hause kommt und das Warten noch einmal, zum letzten Mal und mit solcher Intensität wie nie zuvor auf Erfüllung gerichtet ist.

Dann wird es Selbstzweck. Er wartet, aber nicht mehr auf Daniel, Daniel wird nicht kommen. Daniel sitzt im Gefängnis, ist gemeinsam mit Miep beim Drucken einer illegalen Zeitung festgenommen worden.

Trotzdem warten. Ohne Schlaf, fast ohne zu essen. Sich den Kopf zermartern, was kann man machen. Man müsste mit Menschen doch sprechen können. Ihnen zuschreien: Tut das nicht! Das könnt ihr nicht tun! Das dürft ihr nicht tun! So dumm, so gleichgültig, so gemein ist keiner, dass es nicht Worte gäbe, die ihn erreichten. Doch, die sind so. Diese Menschen. Aber man müsste, man müsste …

Zerfaserte Stunden. Kostbare Zeit, die vergeht. Man müsste einen Überfall auf das Gefängnis riskieren, Daniel befreien, mit ihm zusammen fliehen. Oder mit ihm zusammen sterben. Das eigene Leben einsetzen. Eine Bombe in die Zentralstelle werfen. Ein Attentat auf Hitler machen. Man müsste, man müsste …

Stattdessen schickt man Kleider ins Gefängnis, wollene Decken. Anderes ist nicht erlaubt. Mieps Mutter bringt sie hin. »Der Pförtner«, sagt sie, »war sehr freundlich. Ein guter Mensch.«

Sie sieht ganz glücklich aus. Miep ist bei guten Menschen.

Wieder warten. Alleinsein. Dieses Unbegreifen, dass man sein ganzes Leben lang der gleiche Mensch ist. Heftiger Wunsch, viele Menschen zu sein.

Die Dummheit verwünschen, den entsetzlichen Dilettantismus des Widerstandes.

»So etwas Törichtes«, sagt Sabine. »Nadelstiche für den Feind. Völlig unwirksam. Und dafür gibt ein so gescheiter Junge sein Leben her.«

»Dumme Gans«, schreit er unbeherrscht, »hinaus!« Sie macht erschrocken einen Sprung zur Seite und watschelt kopfschüttelnd davon. Er schlägt mit beiden Fäusten auf die Wand los. Ungerecht wie die andern.

Drei Schritte nach vorn, drei Schritte zurück, drei Schritte nach vorn. Er könnte ausgehen. Aber er will nicht. Denn er fürchtet sich vor dem Licht, vor Geräuschen, vor den Menschen.

Daisy klopft an die Tür: »Mach auf.«

Er rollt sich auf dem Bett zusammen, liegt unbeweglich. Seine Stirn ist nass.

»Ich muss dich sprechen.«

Das Klopfen wird stärker.

»Andreas!«

»Nein.«

»Andreas, mein Lieber ...«

»Geh zum Teufel.«

Sie weint, dann hört er, dass sie weggeht, und ist für kurze Zeit ruhiger. Doch folgt die Stille, und wenn es still ist, beginnt er zu fragen. Immer das Gleiche: Was tut Daniel in diesem Augenblick? Der verzweifelte Wille, es zu wissen, der Zorn, weil er es nicht weiß, die ständige Identifikation, er ist Daniel, Daniel ist er; da er nicht weiß, was Daniel tut, weiß er auch nichts mehr von sich, ist verloren in der Stille, dem Raum, ausgeliefert seiner rasenden Fantasie. Alles, was mit Gefangenschaft in Verbindung gebracht werden kann, von dem Kampf mit wilden Tieren in der Antike an, über die Folterkammern des Mittelalters, bis zum elektrischen Stuhl, wird zur Realität. Die traurige Zeichnung des an eine Bleikugel geschmiedeten Trenck auf einem Buch, Zuchthäuser aus amerikanischen Filmen, volltechnisierte Rundbauten und Stäbe, die Gesichter zerschneiden, die Strafkolonie Kafkas, die langsam auf den Gefangenen zuschwingenden Pendel Edgar Allan Poes, die Bleikammern Venedigs, die im Wasser liegenden Zellen Chillons, das Totenhaus und am häufigsten der von zwei grimmigen Polizisten flankierte Mann in Handschellen, den er als Kind gesehen hat.

Dazwischen sagt Schwarz Schach, Weiß deckt mit einem Bauern, nach vier Zügen steht es remis. Er wischt die Figuren mit der Hand vom Brett, aber der Wunsch, Schwarz gewinnen zu sehen, ist so stark, dass er sie sofort wieder aufstellt. Und das Spiel fängt von Neuem an.

An Miep denkt er kaum. Um sie braucht man keine Angst zu haben. Sie wird ein paar Jahre Gefängnis bekommen. Fünf vielleicht. Doch fünf Jahre kann der Krieg nicht mehr dauern.

Was aber wird mit Daniel geschehen? Bald muss das dunkle Haar nachwachsen. Wenn sie nicht jetzt schon wissen, dass er Jude ist.

Sie wissen es. Daniel hat es zugegeben, bei der ersten Vernehmung. Die Tam-tams der Untergrundbewegung, die durch das Dickicht der Stadt trommeln, berichten es wenige Stunden später. Doch über den Grund dieses Geständnisses sagen die Trommeln nichts. Ist er gefoltert worden? Hat er Drogen bekommen? War es sein Stolz, der ihn zur Aussage zwang, seine Todessehnsucht? Lauter Fragen ohne Antwort. Nie wird es eine Antwort geben.

Zwei englische Matrosen kamen herein, aber als sie sahen, dass keine Mädchen da waren, gingen sie wieder fort. Der Wirt schaute ihnen giftig nach. Plötzlich stand der Junge auf, wie an Fäden gezogen, und begann zu tanzen. Mit vorgeschobenem

Unterleib drückte er die Hüften bald nach rechts, bald nach links, hob und senkte sie, schwang sie im Halbkreis, verrenkte sie in der Hocke, klatschte dazu in die Hände und schnalzte mit der Zunge, sein Freund genierte sich, wollte ihn auf seinen Platz zurückziehen, konnte ihn aber nicht zu fassen bekommen, kurze Zeit lief er täppisch dem sich ihm geschickt Entziehenden nach, dann gab er auf, schüttelte den Kopf, um anzudeuten, dass er mit den Verrücktheiten dieser Jugend nicht einverstanden sei, und leerte zur Bekräftigung sein Glas auf einen Zug. Weiter tobten die Rhythmen aus dem bunt beleuchteten Glaskasten, Verzauberung war das, Hexerei; das Gesicht des Jungen war nass, er stieß Schluchzer der Ekstase aus, die Wimperntusche lief ihm die Wangen herab, das Haar hing ihm in die Stirn, in das verzückte Lächeln mischte sich Schmerz, er sah wie ein Sterbender aus; gleich würde er umfallen, doch nein, noch schwang er die Hüften und klatschte in die Hände, ein Amokläufer, der waffenlos, nur mit dem dürftigen Körper ins Leere stürmt. Erst als der Apparat keinen Ton mehr von sich gab, stieß er einen Schrei aus und stürzte zu Boden, war aber gleich wieder auf den Beinen, torkelte zu seinem Stuhl und legte den gebleichten Kopf an die Schulter des andern, der ihm mit dem Taschentuch die Farbe aus dem Gesicht wischte.

Lautes Heulen gellt durch die Wohnung, und als er aufgescheucht aus dem Zimmer läuft, dem schaurigen Gezeter nach, findet er die van Lier hingestreckt auf dem Bett des Kolonialbeamten, zuckende Fleischmassen, aus deren Tiefe immer wieder die gleichen Worte kommen: »Miep, unsere kleine Miep.«

Er bohrt die Hände in den wabbelnden Berg, ohne das Beben zum Stillstand zu bringen, und schreit sie so lange an, bis sie sich endlich hochwuchtet. Das Korsett kracht und ächzt, fahrig sucht sie nach der Nickelbrille, die in den Falten der Decke verschwunden ist.

Als sie ihn ansieht, mit nackten verstörten Augen, glaubt er schon zu wissen, was kommt, gleich wird es gurgelnd aus ihr hervordrängen, dass man Miep weggeschickt hat aus Holland in ein deutsches Lager.

Aber sie sagt klar und deutlich: »Als Geisel erschossen.«

Es reißt ihm den Kopf herum, er lehnt sich an den Bettpfosten, geht langsam in die Knie.

»Ein Kind, das kann nicht sein. Sie ist doch ein Kind.«

Die Deutschen haben ein Kind erschossen.

Er nimmt die Hände der van Lier und presst sie zusammen: »Daniel?«

»Daniel nicht. Meine Schwester hat die Liste gesehen.«

Daniel nicht! Gefühl des Triumphes, als sei er es gewesen, der verhindert hat, dass Daniel dabei war.

Als sich die Mejuffrouw etwas gefasst hat, sitzt er zusammen mit ihr im Wohnzimmer und hört sich geduldig ihre Mutmaßungen über Mieps Tod an. »Geweint hat sie nicht«, beteuert sie immer wieder, »das weiß ich genau, dafür kannte ich sie zu gut.« Nein, das glaube auch er nicht. »Schon um vor den Deutschen nicht feige zu erscheinen. Selbst die verbrecherischen Schützen müssen Respekt gehabt haben vor diesem holländischen Mädchen, das sich ohne Tränen erschießen ließ. Denn geweint hat sie nicht.« Zum soundsovielten Male bestätigt er: »Ganz sicher nicht.« Die Vorstellung des Nicht-Weinens übt eine ihm nicht erklärliche Beruhigung auf sie aus. »Was aber wird sie gedacht haben, die Arme?« Er zuckt die Schultern und sagt, das könne man nicht wissen, und es stehe einem nicht zu, danach zu fragen, und murmelt etwas von der Einsamkeit des Sterbens. Doch sie hört ihm nicht zu und bohrt weiter und macht sich ein Bild zurecht von romantischem Heldentum, in dem es keine Angst und kein Ausgeliefertsein gibt, in dem Erschossenwerden zu einer Art Turnübung wird, die man diszipliniert in Reih und Glied ausführt und an deren Ende man unbeweglich auf der Erde liegt. »Geweint hat sie nicht. Aufrecht ist sie dagestanden, hat abgelehnt, sich die Augen verbinden zu lassen, und ist gefallen mit dem Ruf: Es lebe Holland!«

Und diese Version setzt sich schließlich durch, wird zur Legende, einer erzählt sie dem andern, die Tam-tams nehmen sie auf, trommeln sie durch die Stadt, durch das Land, nach dem Krieg wird sie in den Schulbüchern zu lesen sein, die Geschichte des

Heldenmädchens, der holländischen Jungfrau, die tapfer und ohne zu weinen gestorben ist für die Freiheit des Vaterlandes.

Der Junge, der eine Zeit lang gedöst hatte, war wieder wach geworden und flüsterte dem Freund etwas zu. Der schüttelte den Kopf und klopfte ärgerlich an sein Glas, worauf der Wirt die Zeitung zusammenfaltete, an den Tisch trat und unfreundlich sagte: »Eins achtzig.« Aber der Mann aus der Provinz wollte gar nicht bezahlen, sondern ein neues Bier. Der Wirt brachte es, ging zu seinem Platz hinter der Theke zurück und las weiter seine Zeitung.

Gleichzeitig mit dem Wirt war auch der Hund aufgestanden, machte die Wege seines Herrn mit, den hungrigen Blick aufmerksam auf die Menschen gerichtet. Als er merkte, dass nichts abfallen würde, näherte er sich der Katze, die blinzelte, leise fauchte und ihm eins mit der Pfote über die Schnauze gab. Mit eingeklemmtem Schwanz wich er zurück und verkroch sich in seine dunkle Ecke. Die Katze leckte sich die Pfote ab, rollte sich zusammen und schlief.

Eine Weile geschah nichts, dann hatte der Junge den Freier herumgekriegt und bekam wieder ein Geldstück; mit dem schnellen Schritt des Siegers ging er zur Musikbox und gab dem Hund, der sich ihm schwanzwedelnd in den Weg stellte, einen Tritt. Und wieder brachen die Rhythmen los, der Junge blieb verzückt stehen, dann fischte er sich mit dem Fuß einen Stuhl und setzte sich rittlings darauf, die Arme über der Lehne verschränkt, den Kopf auf die

Arme gelegt, die Augen süchtig auf den Kasten gerichtet, aus dem das Wunder hervorquoll.

Andreas hatte Lust auf ein zweites Glas Bier, es war ihm jedoch unangenehm, den Wirt schon wieder zu stören. Warum saß er überhaupt hier? Um über sich nachzudenken. Das hätte er in München einfacher haben können, und es nützte hier so wenig wie dort. Aber da er es sich vorgenommen hatte, wollte er es auch zu Ende führen. Das Schwierigste stand bevor.

Miep ist tot, aber Daniel lebt. Die Mörder haben ihn übergangen. Ist es möglich, dass man einen Juden vergisst? Ihn im Gefängnis lässt, bis zum Ende des Krieges? Er weiß, dass es nicht möglich ist, doch redet er es sich zwei Tage lang ein. Zu welchem Selbstbetrug ist ein Mensch fähig, dem unbestechliches Denken immer das Wichtigste war? Er schämt sich seines Schachspielens, kann es aber nicht lassen. Alles kann noch gut werden, wenn Schwarz gewinnt. Kann man jetzt, nach Mieps Tod, überhaupt noch »alles« sagen? Zu viel ist schon geschehen. Und es endet immer remis.

Nach ein paar Tagen trommeln die Tam-tams die Nachricht, dass Daniel vom Gefängnis in die Schouwburg gebracht worden ist, in das Theater, das als Sammelstelle der Juden dient. Man vergisst keinen Juden. Ein Jude wird deportiert.

Ist Deportation der sichere Tod? Ist Osten wirklich das Nichts? Kann Deutschland es sich leisten, arbeitsfähige junge Männer umzubringen?

Immer wieder sagt er dies Wort umbringen vor sich hin, leise, ohne die Lippen zu bewegen, betet er es zur Nacht, um ihm so viel Magie zu verleihen, dass es nicht wahr werden kann. Und wieder holt er das Schachbrett. An diesem Nachmittag gewinnt Schwarz; er hat die gleiche Partie wie immer gespielt, aber plötzlich erkannt, dass er den Bauern, mit dem Weiß seinen König schützt, durch ein geschicktes Manövrieren mit Läufer und Pferd schon vorher nehmen kann.

Er denkt klarer als in der vergangenen Zeit, ist hellwach, überblickt die Situation, ohne sich über ihre Furchtbarkeit zu täuschen, ist aber nicht bereit, die Hoffnung aufzugeben, solange Daniel in Holland ist. Ein paarmal hat Miep von Menschen erzählt, denen die Flucht aus der Schouwburg gelang. Kann das nicht jetzt auch noch möglich sein? Ohne festen Plan nimmt er Verbindungen auf, mit Leuten vom jüdischen Rat und der Widerstandsbewegung, sogar mit Deutschen kommt er ins Gespräch, einer reicht ihn dem andern weiter, die unterirdischen Fäden sind dicht gespannt, und er entdeckt erstaunt, wie viele sich in diesem für ihn undurchdringlichen Gewirr zurechtfinden, sie spielen ein Spiel, dessen Regeln sie alle zu beherrschen scheinen, nur er muss seinen Einsatz dem Zufall überlassen. Was er erfährt, klingt nicht schlecht, mit Geld scheint allerhand erreichbar zu sein. Freilich werden fantastische Summen genannt, von zwanzigtausend, fünfzigtausend, ja auch von hunderttausend Gulden ist die Rede. Ein lächerlicher Betrag, verglichen mit dem, was damit bezahlt werden soll. Aber Geld ist immer lächerlich in Relation mit einem Menschenleben, vorausgesetzt, dass man es hat. Er hat es nicht.

In drei Tagen geht der nächste Transport, das ist zu kurz, um zu seiner Mutter zu fahren, dem einzigen Menschen, der es ihm geben könnte. So bleibt ihm nichts anderes übrig, als Daisy darum zu bitten, natürlich will er es nur geliehen haben, sobald er es von Mama bekommen hat, wird er es zurückzahlen. Sie ist lieb und verständnisvoll, trägt ihm seine Grobheit nicht nach, sagt aber, dass sie mehr als fünftausend unmöglich von ihrem Mann verlangen könne.

Am nächsten Morgen bringt sie achttausend, fünf von ihrem Mann, für drei hat sie ein Schmuckstück verkauft. Unterdes aber hat er von einem Mitglied des Jüdischen Rates erfahren, dass sich eben unter der Schouwburgwache ein junger SS-Mann befinde, der schon für tausend Gulden zu kaufen sei. So viel aber hat er selbst.

Er steckt seine tausend lose in die Tasche, zusammen mit dem gefälschten Personalausweis, den er von einer Untergrundorganisation für Daniel bekommen hat. Daisys achttausend legt er in die Brieftasche, für alle Fälle.

Er verbietet sich, daran zu denken, dass er Daniel vielleicht bald wiedersehen wird, ist ganz konzentriert auf die Bestechung, was er sagen, wie er es einfädeln wird, um nichts zu verpatzen. Hätte er das Geld besser in ein Kuvert getan, zwischen eine Zeitung gelegt? (Vorsorglich kauft er beides.) Soll er mit Heil Hitler grüßen oder mit guten Morgen, ist es angebracht, erst vom Wetter zu reden oder von Deutschland? (Die Heimat ist immer gut für das Sentiment, oder stören Gefühle bei diesem Geschäft?) Sein Bekannter hat dem SS-Mann nur gesagt, dass ein Deutscher ihn sprechen möchte, nicht aber den Grund.

Als er die Schouwburg betritt und im Kassenraum, in dem es nach einem Desinfektionsmittel riecht, seinen Mann pünktlich vorfindet, braucht er nicht viele Worte zu machen. Schon nach wenigen Sätzen begreift der hübsche junge Bursche in Uniform mit dem frechen Kindergesicht, worum es sich handelt. Er habe persönlich nicht das Geringste gegen die Juden, seinetwegen könnten sie ruhig in Amsterdam bleiben. An der Ostfront sei ihm sein Bein kaputtgeschossen worden, und – er deutet auf seinen Stock – deshalb habe er jetzt hier dieses eines Mannes unwürdige Amt. Geld nehme er nur, weil das Risiko für ihn groß sei; außerdem brauche er es dringend, da man in diesem faden Land ohne Bezahlung kein Mädchen bekommen könne.

Das viele Gerede macht Andreas noch nervöser, als er schon ist, schließlich bringt er es dadurch zum Stillstand, dass er die tausend Gulden aus der Tasche zieht und sie dem anderen in die Hand drückt. Der fragt ängstlich, ob man sich unter allen

Umständen auf ihn verlassen könne, auch wenn es schiefgehe.

Er gibt sein Ehrenwort, was den Burschen sichtlich beruhigt, und dann ist es endlich so weit, dass er Daniels Namen nennen kann.

Kaum ist er ausgesprochen, als sich Enttäuschung auf dem frechen Gesicht zeigt. »Der? Aber der ist gestern Abend schon fortgekommen. Den hat man doch nicht zum Arbeitseinsatz geschickt wie die anderen, der war ja ein Krimineller. Den hat man ins KZ gebracht, nach Mauthausen.«

Andreas fängt nicht an zu schreien, er steht still da, während der Schmerz in Wellen durch seinen Körper geht. Und er fällt nicht tot um, was er erwartet und herbeisehnt, und ist sogar imstande, die an ihn gerichteten Worte zu verstehen: »Jetzt wollen Sie natürlich Ihr Geld zurückhaben? Oder kann ich Ihnen mit einem anderen Juden dienen?«

Er nickt, selbstverständlich möchte er einen Juden befreien, am liebsten alle, wenn er nur mit der Sache nichts mehr zu tun haben müsste. Aber so leicht wird es ihm nicht gemacht, er bekommt eine Liste in die Hand gedrückt und begreift, dass er Schicksal spielen soll. Er nimmt die Liste dicht an seine Augen, obwohl er nicht kurzsichtig ist, es ist eine Bewegung, um sich zu schützen, als sei sein Gesicht bedroht. In dieser Entfernung sieht er nur verschwommen, die Zeilen verschieben sich, rutschen nach rechts und links, nach oben und unten, erst als er ein Auge zudrückt, kann er mit einiger Anstrengung lesen. Liest

Namen, Pollack und Pollock und Praag, schlägt eine andre Seite auf und findet zwischen zwei Blumenfelds und vielen Cohens einen Carvalho, ist schon fast entschlossen, diesen zu nehmen, fängt aber plötzlich an zu zittern; so geht es nicht, er kann keinen Menschen retten, bloß weil er einen spanisch klingenden Namen hat. Also fängt er wieder von vorne an, schielt über die Liste auf den SS-Mann, ob der das Zittern bemerkt hat, vielleicht hat er aber gar nicht gezittert, es sich nur eingebildet. Er liest jetzt die Rubrik auf der linken Seite, in der die Geburtsdaten stehen. Drei der Gefangenen sind wie Daniel 1925 geboren, einer im selben Monat. »Den will ich haben.« Einen Augenblick hofft er, es möchte ein Mädchen sein, ein Mädchen müsste er weniger hassen, wenn es anstelle von Daniel freikommt. Mit dem Zeigefinger zieht er eine Linie vom Datum zum Namen. Rüben Joseph. Ist er nicht in eine falsche Zeile geraten? Noch einmal fährt er mit dem Finger waagrecht über das Blatt. Das Resultat ist das gleiche, es wird kein Mädchen daraus. Er überlegt, welches der Vorname ist, und erst als er noch eine ganze Reihe anderer Rüben entdeckt, gibt er dem SS-Mann die Liste und wiederholt: »Den da. Den Joseph Rüben.«

Er solle draußen am Bühneneingang warten, wird ihm bedeutet, es müsse alles sehr vorsichtig gemacht werden. Er lehnt sich an die Mauer neben der schmalen Tür, der Verputz bröckelt ab, es ist ein altes Haus, eine alte graue Straße aus der Jahrhundertwende, hässlich und ohne Charakter.

Eine Trambahn kommt, hält, Menschen steigen aus, die Trambahn fährt wieder an und rollt fort. Ein Mädchen geht über die Straße auf ihn zu, sie trägt ein gefülltes Einkaufsnetz, er hat nicht gesehen, ob sie mit der Trambahn gekommen ist oder zu Fuß, sie schaut ihn aufmerksam an, zögert einen Moment, jedenfalls hat er den Eindruck, dass sie zögert, es ist ihm unangenehm, er wendet den Kopf ab, als er wieder hinblickt, ist sie vorbei.

Es riecht nach einem Desinfektionsmittel, der SS-Mann hinkt durch den Kassenraum, steckt die tausend Gulden in die Tasche und sagt: »Einen Augenblick bitte, das Gewünschte wird gleich geliefert.« Dann kommt er wieder mit Daniel, dem die Hände auf den Rücken gebunden sind, auch hat man ihn kahl geschoren. Andreas protestiert, er will keinen Gefesselten, das ist gegen die Abmachung. »Gefesselt oder gar nicht«, sagt der SS-Mann, »ich kann Ihretwegen meinen Kopf nicht riskieren.« Daniel schaut geradeaus, ohne zu lächeln. Andreas zweifelt, ob es wirklich Daniel ist, wie soll er die Wahrheit herausfinden? Er ist entschlossen, sich nicht für dumm verkaufen zu lassen, einen Falschen nimmt er nicht mit.

Plötzlich geht die Tür auf, und ein Bub, der sich heftig wehrt, wird ihm zugeschoben. Zuerst hält er ihn seiner Kleinheit wegen für bedeutend jünger, dann blickt er in das Gesicht eines alten traurigen Äffchens, und das geht ihm nah. Er legt den Arm um den Kiemen, zwingt ihn zum Weitergehen und sagt: »Wir dürfen uns nicht auffallend benehmen.«

Als er mit seinem deutschen Akzent spricht, wird der Widerstand stärker, der magere Körper spannt und sperrt sich, macht sich stocksteif, in den dunklen Augen steht rasende Angst.

»Ich tu dir nichts, fürchte dich doch nicht so, du bist ja frei, ich nehme dich mit zu mir nach Hause, da kannst du bleiben, bis alles vorbei ist, auch wenn ich ein Deutscher bin, brauchst du keine Angst zu haben, ich bin kein Nazi, ganz bestimmt nicht, so glaube mir doch, ich mag die Juden sehr gerne, es gibt ja auch gute Deutsche.« Atemlos redet er und zieht den sich Sträubenden mit sich. Woher soll dies arme Kind aus dem Judenviertel wissen, dass es auch gute Deutsche gibt, es kennt nur die Mörder. »Sehe ich wie ein Mörder aus, schau mich doch an.« Auch die anderen sehen nicht wie Mörder aus. Wie sieht überhaupt ein Mörder aus? Wie ein Mensch. »Komm mit, so geh doch, setze einen Fuß vor den andern und hör auf zu heulen. Da, nimm mein Taschentuch.« Gott sei Dank, dass das jüdische Gesicht in dem großen Tuch verschwindet, die beiden Grünen auf der gegenüberliegenden Seite schauen interessiert herüber. Oder sehen sie vielleicht den Stern? Doch der Stern ist fort, der Hinkende scheint daran gedacht zu haben. »So ist's brav, ich habe gar nicht mehr geglaubt, dass du gehen kannst.« Gehen ist übertrieben, es trippelt neben ihm, von Zeit zu Zeit zerrt es an seiner Hand. »Versuche dich doch nicht loszureißen, wo willst du denn hin? Nirgends bist du so sicher wie bei mir.« Wahrscheinlich sind die anderen Rüben Eltern und Geschwister des Jungen. Um die Gnade, die sogar die Gestapomörder ihren Opfern gewähren, dass die Familien in Holland zusammenbleiben, hat er das arme Äffchen gebracht. Das kommt davon, wenn man Schicksal spielt; den Falschen hat er gewählt, einen, der die Freiheit womöglich gar nicht haben möchte, der nichts mit ihr anfangen kann. Die einzige Wohltat, die er ihm erweisen könnte, wäre, ihn schleunigst wieder in die Schouwburg zu bringen. Das aber geht nicht, unbemerkt hineinzugelangen dürfte um nichts leichter sein als herauszukommen, er kann den SS-Mann nicht bloßstellen, das hat er versprochen. »Warum bleibst du denn stehen? Was sollen die Leute bloß denken?« Kidnapping werden sie denken und in ihrer Hilfsbereitschaft dem Entführten beispringen. »Komm, so komm doch.«

Er ist völlig ausgepumpt, so sehr, dass er keinen Schmerz mehr fühlt, erst als er die Haustür aufschließt, laufen ihm die Tränen übers Gesicht; jetzt weinen sie beide, der Joseph Rüben laut und er ganz leise.

In der Wohnung stehen die drei Frauen im Flur, Sabine schreit auf: »Das ist ja der Falsche«, Daisy schluchzt, und nur die van Lier benimmt sich richtig und zieht das Äffchen wortlos an ihre große Brust.

Er gibt Daisy das Geld zurück, dann geht er in sein Zimmer, die Tür braucht er nicht zuzuschließen, niemand wagt ihm zu folgen.

Vom Bücherbord nimmt er eine Europakarte und sucht den Ort, dessen Namen er zum ersten Mal von Sabine gehört hat, zusammen mit der ihm damals unglaubwürdig scheinenden Geschichte, dass von siebenhundert jungen Männern siebenhundert Todesberichte gekommen sind. Er findet ihn, etwas östlich von Linz, am linken Donau-Ufer. Plötzlich erinnert er sich, dass ihm der Ort schon früher begegnet ist; er ist daran vorbeigefahren, wenn auch auf der anderen Seite des Flusses, als Zwölfjähriger, zusammen mit seinen Eltern. Bei einem Wegweiser machte ihn Papa auf die Bedeutung des Wortes Maut aufmerksam, das so viel bedeute wie Zoll, der hier vermutlich für die Benutzung einer Fähre zu entrichten gewesen sei. Er las gerade eine Menge über griechische Mythologie und verband die Silbe mit dem unheimlichen au sogleich mit Charon, was allerdings schlecht übereinstimmte mit der heiteren Landschaft, den vielen blühenden Obstbäumen, den Barockkirchen und einem schon südlich blauen Himmel.

Dort also ist es, wo der reitende Tod seinen Klepper stallt, dort muss er ihn suchen. An das, was jetzt kommt, darf er nicht denken, solange noch ein Rest von Selbsterhaltungstrieb in ihm existiert. Es ist die Hölle. Seine Fantasie setzt an zu der gewaltigen Arbeit, die schöpferisch ist, wenn auch in einem furchtbar pervertierten Sinn schöpferisch, und beginnt sich auszumalen, was dort vor sich geht in dem großen Schlachthaus, und erlebt es in immer neuen und immer schrecklicheren Visionen. So zerbricht er sich selbst, langsam und mit raffinierter Grausamkeit. Übrig bleibt der Mensch, der alles weiß und nichts mehr sagen kann, der im Umgang mit der Wirklichkeit Verstummte.

Ohne Ende raste der Jazz, zitterten die Schnulzen. Die Ohren schmerzten, es war unerträglich. Aber er blieb sitzen, ohne sich zu rühren, ohne ein Bier zu bestellen. Und wartete.

Wieder ging er zu einem Grab. Diesmal ohne Blumen, obwohl er keinen Toten mit ihnen betrogen hätte, niemand lag unter dem schwarzen Marmorblock, auf dem in Goldbuchstaben der Name des Kolonialbeamten, sein Geburtsdatum und ein falsches Todesdatum standen. Die Zweige einer Trauerweide hingen über den Stein, um den sich Efeu rankte. In einer Tonvase standen verblühte Rosen, daneben lag ein welker Tulpenstrauß.

Das war es, was er hatte sehen wollen. Daisy und Mejuffrouw van Lier kamen hierher, pünktlich an dem auf dem Grab verzeichneten Todestag, also lebten sie noch und hatten es wahrscheinlich längst aus ihrem Bewusstsein verdrängt, dass er die Leiche ihres Vaters und Dienstherrn mit ihrer Zustimmung in die Gracht geworfen hatte. Alles war wieder so, wie es sich gehörte: hochanständig und bürgerlich; sie hatten den Krieg, die ganze schreckliche Zeit und auch die eigene Großmut vergessen.

Als auch die van Lier einsehen musste, dass Daniel nicht zurückkommen würde (»vor Kriegsende nicht«, sagte sie jedes Mal, und es klang, als wolle sie das Schicksal mit einem Zauberspruch beschwören), erklärte sie eines Tages, dass sie nicht willens sei, länger in Amsterdam zu bleiben, ein kranker Bruder in Bussum bedürfe dringend ihrer Pflege, und auch dem Jossele (so nannte sie Joseph, ihr neues Kind) könne die Landluft nur guttun. »Und ich?«, fragte Sabine aufgebracht. »Ich bin Ihnen wohl egal?« – »Der Herr Andreas kann ja weiter für Sie sorgen.« – »Der? Schauen Sie ihn doch an. Der ist ja nicht einmal imstande, für sich selbst zu sorgen.« Das sah die van Lier zwar ein, war aber von ihrem Plan nicht abzubringen, worauf von Freunden Mieps ein neuer Untertauchplatz für Sabine gefunden wurde, bei einem jungen Ehepaar auf dem Lande. Dieselben Freunde beschafften ihm ein Zimmer in der Prinsengracht, nahe der Westerkerk. Es war ein heller kleiner Raum mit eingebauten grau gestrichenen Möbeln und Blick auf ein Gärtchen, in dem bei seinem Einzug eine Magnolie blühte und das im Übrigen seiner Wirtin dazu diente, Hühner darin zu halten. (Schon der Hühner zuliebe nahm sie ihn auf, in der sicheren Annahme, dass ein Deutscher Futter beschaffen könne. Als sich diese Meinung als falsch erwies, wurde sie zusehends reservierter.)

Bevor die Wohnung in der Beethovenstraat aufgelöst wurde, musste der Kolonialbeamte sterben, was mithilfe des schon eingeweihten Arztes und eines Beerdigungsinstituts geschah, dessen Chef einer Widerstandsgruppe angehörte. Daisy kam wieder in Schwarz, diesmal in Begleitung ihres Mannes, der einen Trauerflor um den Ärmel trug und der van Lier Vorwürfe machte, dass der Sarg schon geschlossen war, sodass er den Schwiegervater nicht noch einmal sehen konnte. Die Mejuffrouw, prächtig im schwarzen Seidenkleid, schielte über die Nickelbrille und servierte ihm schweigend Wein und Torte.

Andreas wollte nicht mitkommen, aber Daisy bestand darauf, »das bist du dem armen Papa einfach schuldig«. Er gab nach und fuhr gemeinsam mit der Familie und der van Lier in einem Mietwagen mit heruntergelassenen schwarzen Vorhängen hinter dem Leichenwagen her.

Im Sarg lagen in Holzwolle gepackte Steine. Da der Weg zum Grab weit war, hatten die vier Träger schwer zu schleppen. Nicht viele Menschen waren gekommen (während des Gehens zählte er sie und kam alles in allem ohne die Träger auf siebzehn), es gab keine Trauerfeier in der Halle, kein Largo und keine Zylinder. Nachdem man sich halbkreisförmig um die Grube postiert hatte, sprach der Geistliche einer reformierten Gemeinde. Andreas schaute in die Luft, auf den grauen Himmel und dachte, wenn man sich nicht beeile, werde man sicher noch nass. Aber der Pastor hatte keine Eile; mit salbungsvoller, gut geschulter Stimme schilderte er das Leben des Dahingegangenen. Endlich breitete er die Arme aus und sagte mit verklärtem Blick: »Seele des Menschen, wie gleichst du dem Wasser.« Es wäre ein wirkungsvoller Schluss gewesen, Andreas hoffte es;

die Hoffnung trog, im Gegenteil, es war ein neuer Anfang, ein unerschöpfliches Thema, das Wasser hatte es dem Priester angetan, es wogte durch seine Worte als Meer, als Strom, als Bach und auch als »unsere Grachten«.

Andreas blickte auf Daisy, sie stand da, drückte das Taschentuch vors Gesicht und schluchzte. Plötzlich schielte sie mit einem Auge unter dem Tuch hervor und zwinkerte ihm zu. Erst da wurde ihm klar, dass sie lachte, und einen Augenblick lang liebte er sie wieder so wie zu Beginn ihrer Beziehung.

Er zwinkerte zurück, blieb jedoch ernst. Lackschuhe trieben auf Wasser dahin wie Ophelias Blumen, moosig aufgeweichte Schlinggewächse wuchsen aus bleichen Knochen, junge Ratten spielten mit einem Orden. Als aber dann, während die ersten Tropfen fielen und der Sarg in die Grube gelassen wurde, dumpfes Poltern ertönte, kämpfte auch er gegen einen so unwiderstehlichen Lachreiz an, dass ihm vor Anstrengung Tränen in die Augen traten. Seit vielen Monaten lachte er zum ersten Mal, das Groteske hatte den Schmerz durchbrochen, es gab etwas, das ihn davon abhielt, an Daniel zu denken, eine Einsicht, die ihn eher bestürzte als tröstete.

Am nächsten Tag bezog er sein Quartier in der Prinsengracht, in dem er bis zum Ende des Krieges blieb. Schrieb weiter Artikel, um nicht an die Front zu müssen, und machte gelegentlich Botengänge für die Widerstandsbewegung; man hielt ihn, obwohl er sich keiner der Organisationen anschloss, für zuverlässig und wandte sich an ihn, wenn es etwas zu tun gab, was der Besitzer eines deutschen Passes unauffälliger erledigen konnte als andere.

Er war überzeugt, dass Daniel tot war, aber zuweilen wehrte er sich dagegen und hielt es für unmöglich. Die seltene Hoffnung wurde durch den Optimismus der Holländer bestärkt, die fast alle Sabines Meinung teilten, dass es sich bei den siebenhundert aus Mauthausen gekommenen Todesberichten um Sadismus gegen die Angehörigen gehandelt habe. Erst nachdem Auschwitz von den Russen erobert war und die Berichte über Gaskammern und Verbrennungsöfen von Radio Oranje gesendet wurden, mussten sie diese Ansicht revidieren, aber auch dann gab es noch viele, die es nicht glaubten und alle Gräuel und die Millionen Toten für kommunistische Propaganda hielten.

Ein paar Monate vorher, im September 44, hatte Andreas seinen Gestellungsbefehl bekommen, man nahm keine Rücksicht mehr auf schwache Herzen, und auch Zeitungsartikel über Holland wurden nicht mehr gebraucht. Er schickte seine Hausfrau mit dem Wisch zur Kommandantur, wo sie angab, er sei von einer Reise, die er vor zwei Wochen nach Deutschland unternommen habe und die nur einen Tag hätte dauern sollen, nicht zurückgekehrt. Da zur selben Zeit die Alliierten weit vorgestoßen waren und die nördlichen Provinzen Hollands fast vollständig isoliert hatten, glaubte man ihr und sagte nur, wenn er wider Erwarten doch käme, müsse er sich sofort melden. Er konnte also ohne allzu große Gefahr in seinem Zimmer wohnen bleiben, ging allerdings nur noch selten aus und aß gemeinsam mit seiner Wirtin die Zuckerrüben, die beinahe das Einzige waren, was man noch bekam.

In der Silvesternacht heulten die Schiffssirenen eine Stunde lang im nahen Hafen, und die Soldaten schossen eine Stunde lang ihre Munition in die Luft. Viele Monate konnte der Krieg nicht mehr dauern. Dann haben wir gesiegt, dachten die Holländer. Dann gehen wir nach Hause, dachten die Deutschen. Dann ist die Zeit des Verstummens zu Ende, dachte Andreas, als er, von dem Lärmen angezogen, dem Hafen zuging. Dann wird er Auskunft geben müssen, was er in all den Jahren gemacht hat, aber es ist unmöglich, sich hinzustellen und zu behaupten, dass er gestorben ist, nicht einmal, sondern jeden Tag aufs Neue, in dem verfluchten Lager, und dass er seine Zeit damit verbracht hat, sich das Lager auszudenken, es aus der amorphen Masse Angst, die jeden bei der Nennung des Namens überkam, Gestalt werden zu lassen, bis es dastand in todbringender Perfektion und er, das einzige Opfer, der einzige Henker, anfangen konnte mit Sterben und Töten. So wird er nichts anderes sagen, als dass er die Jahre damit zugebracht hat, nicht mehr zu schreiben.

Doch er muss wieder schreiben. Soll alle Mühe des Überlebens umsonst gewesen sein? Es gilt den Anschluss an die Welt zu finden.

Er ist nicht mehr jung genug.

Jung genug, um mitzureden. Von seiner Generation sind so wenige mehr da, dass man auch nicht auf eine Stimme verzichten kann.

Taub geworden vom Schrillen der Heuschrecken sind die Menschen und werden die Stimmen nicht hören. Man lasse ihn schweigen.

Jetzt zu schweigen wäre Feigheit. Und er ist doch kein Feigling. Aussagen muss er über das, was er gesehen hat. Als Zeuge soll er berichten.

Wenn man ihn fragt, wird er sprechen.

Niemand wird ihn fragen.

Ohne gefragt zu werden, kann er nichts sagen.

Auf Fragen weiß jeder Antworten. Er aber muss gerade das sagen, was keinem zu fragen einfällt.

Und wenn er etwas vergisst? Wie soll ein Ganzes entstehen, wenn nicht alles genannt wird? Was hilft es, vom Rollen der Trambahnen zu sprechen und dabei den Schrei einer Frau zu vergessen? Was besagt das Rollen der Trambahnen ohne den Schrei? Und wenn er den Schrei erwähnt, fehlt ein Kinderweinen. Und wenn er vom Kinderweinen erzählt, sind die Taschenlampen noch dunkel. In einer erfundenen Geschichte kann man aussparen. Als Zeuge darf man nichts weglassen. Wem steht ein Urteil darüber zu, was wichtig ist und was nicht? Nein, Zeuge kann er nicht sein.

Aber schon auf dem Heimweg machte er die Bestandsaufnahme dieser Silvesternacht, um sie in der Zeugenaussage als Anfang vom Ende zu verwenden.

Als das Ende dann wirklich gekommen war und der Einzug der kanadischen Trappen unmittelbar bevorstand, erklärte ihm die Wirtin, dass er ihr Haus verlassen müsse, er könne jetzt unbehindert nach Deutschland zurückkehren, sie aber habe endgültig genug von der Illegalität und wolle einen der Befreier bei sich beherbergen. Vergebens suchte er ihr klarzumachen, dass er auf Nachricht von Daniel warten müsse. Das sei eine Marotte von ihm, er könne im Ernst doch nicht glauben, dass der Junge noch lebe; und wenn er wirklich wiederkäme, läge ja Deutschland auch nicht mehr außer der Welt.

Niedergeschlagen ging er durch die Stadt, als er im dichten Gewühl der Kalverstraat ein Schleierhütchen entdeckte, ihm nachlief und Sabine am Ärmel fasste. Sie fiel ihm mit einem Freudenschrei um den Hals und erzählte strahlend, dass sie sofort nach der Kapitulation zurückgekommen sei und ihr Atelier wieder in Besitz genommen habe. Die dort wohnenden Nazis hätten sich aus dem Staube gemacht, aber ihre Möbel zurückgelassen. Glück müsse der Mensch eben haben. Und er? Warum mache er denn ein so trauriges Gesicht, fühle er sich vielleicht doch als Deutscher und freue sich nicht über den gewonnenen Krieg? Daniel, ach so, ja natürlich, auf Daniel wolle er warten und wisse nicht wo? Aber das sei doch selbstverständlich, dass er bei ihr untertauchen könne, mit dem größten Vergnügen, wie du mir, so ich dir, das Leben sei nun einmal wahnsinnig komisch.

So wohnte er wieder in der Beethovenstraat, wenn auch ein Stockwerk höher, und ließ Sabines Geschwätz über sich ergehen, musste ihr dankbar sein, kochte für sie aus Dankbarkeit, wusch ihr die Teller ab, fegte die Zimmer und gab ihr aus Dankbarkeit keinen Tritt, wenn sie seine Nerven unerträglich strapazierte. Fast jeden Tag machte sie sich auf den Weg, um für ihn die Listen durchzusehen, die der Zurückgekommenen und die anderen, weit umfangreicheren der Toten. Doch jedes Mal kam sie zurück, ohne Daniels Namen gefunden zu haben. Schließlich gab sie bei den Betreuungsstellen Anzeigen auf, in denen Sabine Lisser Daniel Rosenbusch oder doch Nachricht über ihn suchte.

Einmal, als sie gerade fort war, klingelte es, und obwohl sie es ihm verboten hatte, öffnete er. Da stand Daniel, abgerissen, mager, zerzaust, in Kakihosen und Windjacke. Aber die Täuschung währte zu kurz, um das Erschrecken in Glück zu verwandeln; fremde runde, sehr kühle Augen sahen ihn an. Im selben Augenblick begriff er, dass er ein Mädchen vor sich hatte.

»Ich bin Susanne Rosenbusch«, sagte sie mit ihrer rauen, betörenden Stimme, »Daniel Rosenbuschs Cousine. Frau Lisser hat eine Anzeige aufgegeben, in der sie Daniel sucht. Ist Frau Lisser zu Hause?«
Ohne ihr zu antworten, nahm er ihre beiden Hände.

»Was wissen Sie von Daniel?«

»Ich? Von Daniel? Nicht das Geringste. Ich bin erst heute zurückgekommen. Aus Auschwitz. Niemand von meiner Familie ist mehr da. Als ich die Anzeige las, dachte ich, dass jemand, der sich für Daniel interessiert, mich vielleicht fürs Erste aufnehmen wird.«

Überwältigt von Mitleid, zog er sie in die Wohnung. Kein Gedanke an die Menschen, die sie auf dem Gewissen hatte. Sie war arm. Sie war schön. Und sah Daniel ähnlich.

Er nahm sie in die Arme und bedeckte ihr Gesicht mit Küssen. Sie wehrte sich nicht, lachte erstaunt, dann erwiderte sie seine Zärtlichkeiten.

»Das geht schnell bei Ihnen«, sagte sie schließlich und schob ihn zurück. »Wer sind Sie eigentlich?«

Von dieser Stunde an blieben sie zusammen. Erst bei Sabine, später in dem Zimmer, das Susanne von einem Komitee zugewiesen wurde.

Jetzt ging Susanne zu den Listen. Bald fand sie die Namen ihrer und Daniels Eltern auf der der Toten. Doch nicht den Daniels. Keiner, der zurückkam, wusste etwas von ihm. Keine Nachricht von Daniel. Nichts.

Er packte den Koffer. In zehn Minuten war er fertig, ganz obenauf legte er ein halb vollgeschriebenes Heft. Schwarzes Wachstuch verhüllte Anfänge, Trambahnen, vierhundert Menschen. Amsterdam hatte ihm nicht geholfen, nichts war ans Licht gekommen, was er nicht schon gewusst hatte, weiter trieb er dahin zwischen Unsagbarem und der Begierde, es doch zu sagen.

Er ließ das Schloss einschnappen und zog die Riemen zu. Es musste möglich sein, noch näher an das Vergangene heranzukommen. Die Zeit aufzuheben. Die Leere wieder mit Schmerz zu füllen. Noch einmal und immer wieder aufs Neue zu sterben und dabei die Worte zu finden. Da beschloss er, nach Mauthausen zu fahren.

Um München zu vermeiden, fuhr er über Bregenz und Innsbruck nach Linz. Dort über die Donau und am linken Ufer flussabwärts.

Die Obstbäume standen in Blüte, wie damals, als er mit den Eltern vorbeigekommen war. Er erinnerte sich nicht, je eine glücklichere Landschaft gesehen zu haben.

Die Straße führte vom Fluss weg, hügelauf und hügelab durch Wiesen. Er überlegte, wie er es anstellen sollte, das Lager zu finden, ohne danach zu fragen. Fragen erschien ihm unmöglich. Was hätte er sagen sollen? Wo ist das Lager, das ehemalige Lager, wo war hier ein Lager, Konzentrationslager, KZ, Mordplatz, Hölle? Was würde ein junger Bauer antworten, wenn man ihn nach dem Weg zur Hölle fragte? Einen Älteren aber hätte er noch weniger fragen wollen; in Augen zu schauen, die mitangesehen hatten, wie man die Gefangenen vom Bahnhof aus dorthin trieb. Oder von dort in die Steinbrüche. Es ging nicht. Nicht fragen. Lieber stundenlang suchen.

Doch als er um eine Kurve bog, sah er es, hoch oben auf einem Hügel. Nur Mauern, fast wie eine mittelalterliche Burg, aber hässlich. Er war erstaunt, dass es hoch lag, er hatte es sich immer in einer Ebene vorgestellt. Oder vielmehr in einer Steppe, die es natürlich hier nicht gab.

An jeder Kreuzung stand jetzt ein Wegweiser mit der Aufschrift: Lager Mauthausen. Auf einen Schuppen war mit weißer Ölfarbe gemalt: Mauthausen mahnt, auf eine Bretterwand: Nie wieder. Fragen erübrigte sich, er fuhr auf eine Gedenkstätte zu, vor der, als er oben ankam, ein Omnibus parkte.

Vorher war er an einem Steinbruch vorbeigefahren, der aussah wie alle anderen Steinbrüche. Man kann einem Steinbruch nicht ansehen, ob in ihm gemordet wurde, man sieht nur, dass Steine gebrochen werden.

Er wusste ja auch gar nicht sicher, ob dieser vom Lager benutzt worden war.

Oben also, wo man eine herrliche Aussicht hatte, stand der Omnibus mit dem D und dem Ortszeichen A.

Er stieg aus, fand Susannes roten Porsche deplaciert, war aber ehrlich genug, zuzugeben, dass ein Volkswagen es nicht weniger gewesen wäre. Auch zu Fuß zu kommen. Es ging eben nicht an, ein Konzentrationslager zu besichtigen. Und Gedenkstätte war nichts anderes als die kleinbürgerliche Übersetzung von Sightseeing, einem viel präziseren Wort.

Durch das Tor ging er hinein, sah aber sogleich, dass er erst in einer Art Vorhof war. Zwischen zwei hohen Mauern hindurch führte ein holpriger Weg hinauf auf einen freien Platz, wo Erinnerungstafeln und ein großes Kreuz standen. Die Pforte zum eigentlichen Lager war schmal, er betrat ein großes Geviert mit vielen, quer zum Eingang stehenden Steinbaracken, zwischen denen Gras wuchs. Alles sah sehr sauber, gepflegt und völlig unbenutzt aus. Im Hintergrund gingen Jungen und Mädchen umher, die Stimme eines nicht sichtbaren Lehrers erklärte.

Er machte ein paar Schritte nach links (nur um überhaupt etwas zu tun), als ihm ein Mann in den Weg trat und ihn anredete. Seine Ohren versagten, er konnte Laute hören, aber keine Worte. Geduldig wurde es auf Französisch wiederholt, und als auch das keinen Erfolg hatte, auf Englisch. Da endlich verstand er den Satz: »You have to pay, Sir, may I give you your ticket?« Er schüttelte den Kopf (auf alles hätte er den Kopf geschüttelt), dann dämmerte ihm, dass er bezahlen sollte. Zwei oder drei oder vier Schillinge (die Zahl nahm er bereits nicht mehr auf), für etwas, für das er mit seinem ganzen Leben bezahlt hatte. Er streckte dem Mann einen Schein hin und winkte ab, als er herausbekommen sollte. Erhielt ein blaues, sorgfältig eingerissenes Billett. »Please, begin to the right.« Er wandte sich nach rechts, wo in die Mauer eine Tafel eingelassen war, und begann zu lesen: Hier wurden die Gefangenen an den Händen ... Plötzlich konnte er nichts mehr sehen (aber seine Augen waren trocken), mit einem Klagelaut drehte er sich um und lief davon.

Im Abwärtsrennen dachte er: Ich kann fliehen, Daniel konnte es nicht, Daniel nicht.

Außer Atem setzte er sich auf einen Stein am Parkplatz.

Er konnte Aussicht denken und Donau und silbrig und schön. Was hatte er erwartet? Er wusste es nicht. Er wusste weniger als je zuvor.

Nach einiger Zeit kamen die Jungen und Mädchen heraus und der Lehrer, der nicht viel älter war als seine Schüler. Sie redeten viel, durcheinander, über das Lager, über die unbegreifliche Generation ihrer Eltern, aber auch, soviel er aus Fetzen der Unterhaltung entnahm, über einen für den nächsten Tag geplanten Ausflug auf die Rax.

Dann stiegen sie ein, er schaute dem wegfahrenden Omnibus nach.

Langsames Begreifen, dass Daniel tot war und dass er lebte. Er war nicht hier gestorben, wie er immer geglaubt hatte. Er war überhaupt nicht gestorben.

Er hatte sich geirrt, die ganze Zeit. Nie war er Daniel gewesen. Wo befand er sich? Wo befand er sich nicht? Kann man noch einmal von vorne beginnen?

Er fuhr hinunter ins Dorf und auf die wartende Fähre. Von der Nähe besehen, war das schnell fließende Wasser nicht silbrig, sondern schmutzig grau.

Er starrte hinein und wünschte sich, die Bootfahrt möge kein Ende nehmen.

Dann, als die Fähre schon fast das jenseitige Ufer erreicht hatte, riss er sich los und blickte zum Lager, das auf dem Hügel thronte und nach Gott weiß was aussah. Aber es war nichts. Niemand, der es sich anschaute, würde auch nur das Geringste von dem Vergangenen erfahren. Niemand würde eine Antwort auf die Frage bekommen, wie es möglich gewesen war. Die Gemordeten hatten ihr Geheimnis und das ihrer Mörder mit sich genommen.

Man sollte auch nicht darüber reden. Es kam nichts dabei heraus. Worte machten nichts klar, sie deckten nur zu.

Aber es war nicht gut, dass es da noch stand. Fertig zum Gebrauch. Man hätte es niederreißen sollen.

Denn es ist von Übel, es dem Bösen zu leicht zu machen.

Grete Weil – eine biografische und bibliografische Notiz von Veit Johannes Schmidinger

Grete Weil wurde am 18. Juli im oberbayerischen Ort Egern als Margarethe Elisabeth Dispeker geboren. Ihr Vater, Siegfried Dispeker, war in München ein angesehener, assimiliert-jüdischer, liberal eingestellter Rechtsanwalt. In seinem großbürgerlichen Haus verkehrten zahlreiche Künstler und Intellektuelle. Grete Weil verbrachte ihre Kindheit und Jugend vornehmlich in München und wurde dem Bildungsanspruch der Familie gemäß in Kunst, Theater und Literatur gefördert. Dem wachsenden Antisemitismus in Bayern begegnete die Familie mit tiefem Vertrauen in die deutsch-jüdische Symbiose. 1923 floh ihr Vater mit ihr im Zuge des Hitlerputsches nach Grainau am Fuße der Zugspitze zu Verwandten, kehrte jedoch nach einigen Tagen nach München zurück. Auch als Grete Weil und ihrem Bruder einige Zeit später die Aufnahme in den Alpenverein verweigert wurde, dachten sie nicht an Emigration.

Im Herbst 1929 schloss Grete Weil in Frankfurt ihre Schullaufbahn mit dem Abitur erfolgreich ab und begann dort ein Germanistikstudium, das sie auch nach Berlin, Paris und München führte. 1932 begann sie eine Dissertation über die Entwicklung des

Bürgertums am Beispiel des zwischen 1786 und 1827 erscheinenden *Journals des Luxus und der Mode* und schrieb ihre erste Erzählung. *Erlebnis einer Reise,* so der Titel, ist autobiografisch inspiriert und spiegelt die Auflehnung junger Menschen gegen über den bürgerlichen Moralvorstellungen am Ende der Weimarer Republik wider.

Im Juli 1932 hatte Grete Weil ihren langjährigen Freund, den promovierten Germanisten und an den Münchner Kammerspielen als Dramaturg beschäftigten Edgar Weil, geheiratet. Nachdem er im Zuge der Machtübernahme Hitlers als Jude entlassen und für zwei Wochen in Polizeigewahrsam genommen wurde, musste er in Frankfurt die ›Arisierung‹ der väterlichen pharmazeutischen Fabrik organisieren. Angesichts dieser Erfahrungen beschloss er, das Unternehmen in den Niederlanden neu aufzubauen. Grete Weil blieb zunächst in München und ließ sich zur Fotografin ausbilden. Erst im Dezember 1935 folgte sie ihrem Mann nach Amsterdam. Die Stadt und die Niederlande wurden allerdings kein zweites Zuhause, das Heimweh war zu groß. Zu Grete Weils Bekannten und Freunden zählten vornehmlich deutsche Emigranten, unter ihnen der Maler Max Beckmann, der Dirigent Bruno Walter sowie der Schriftsteller Albert Ehrenstein.

Als die Wehrmacht die Niederlande im Mai 1940 innerhalb von fünf Tagen besetzte, versuchten Grete und Edgar Weil erfolglos über den Hafen IJmuiden nach England zu fliehen. In den nächsten Monaten erlitten sie die zügige Umsetzung der bereits im Deutschen Reich vollzogenen Ausgrenzung der jüdischen Bevölkerung. Am 11. Juni 1941 wurde Edgar Weil auf offener Straße verhaftet, über das niederländische Lager Schoorl nach Mauthausen gebracht und dort im September ermordet.

Ein Jahr später begann die systematische Deportation aller sich in den Niederlanden aufhaltenden Juden in die Vernichtungslager im Osten. Grete Weil nahm Kontakt zu Widerstandsgruppen auf und fertigte für sie Fotos für gefälschte Personalausweise. Im Februar 1941 war in Amsterdam der sogenannte *Joodsche Raad* gegründet worden, mit dem Ziel, das jüdische Leben in den Niederlanden und sein Ende im Sinne der deutschen Besatzer zu organisieren. Um überleben und ihre mittlerweile ebenfalls nach Amsterdam geflüchtete Mutter schützen zu können, ließ sich Grete Weil als Mitarbeiterin dieses Rates anstellen. Zunächst arbeitete sie in der von der SS geführten *Zentralstelle für jüdische Auswanderung* als Fotografin, später war es ihre Aufgabe, für die wöchentlich 1.000 zum Abtransport in die Todeslager gefangen genommenen Juden Briefe zu schreiben.

Am 29. September 1943 sollte Grete Weil selbst in die Todeslager geschickt werden. Sie floh und tauchte bei einem Freund, dem deutschen ›Halbjuden‹ Herbert Meyer-Ricard, unter. In seiner Wohnung am Nieuwezijds Voorburgwal wartete sie achtzehn Monate auf das Ende der deutschen Besatzung. Sie arbeitete für Widerstandsgruppen, indem sie Lebensmittelkarten fälschte, nachts schlief sie hinter einer Bücherwand. Die Befreiung erlebte sie bei einer Freundin in der Prinsengracht.

Während ihrer Zeit im Versteck hatte Grete Weil ihr seit 1933 ruhendes Schreiben wieder aufgenommen. Neben dem (auf ihren Wunsch hin unveröffentlichten) Roman *Der Weg zur Grenze* verarbeitete sie mit dem Theaterstück *Weihnachtslegende 1943* ihre Erfahrungen im Amsterdamer Exil und im Untergrund. 1945 erschien die *Weihnachtslegende* unter dem Pseudonym B. v. Osten mit dem Titel *Das gefesselte Theater – Het marionettentooneel der ›Hollandgruppe‹ speelt voor onderduikers* (dt. Das Marionettentheater der ›Hollandgruppe‹ spielt für Untergetauchte) als Privatdruck und erste Veröffentlichung Grete Weils in Amsterdam.

Nach der Befreiung blieb Grete Weil zunächst in Amsterdam. Ihre Mutter und ihr Bruder hatten den Holocaust überlebt, das Heimweh nach Deutschland war groß. Als Staatenlose durfte sie jedoch vorerst nicht nach Deutschland zurückkehren. Zunächst versuchte sie in Amsterdam, die pharmazeutische Fabrik ihres Mannes wieder aufzubauen.

Im Herbst 1946 unternahm sie heimlich eine erste Reise nach Frankfurt und traf ihren Jugendfreund Walter Jokisch wieder. Sobald sie in Amsterdam als Widerstandskämpferin anerkannt war und einen niederländischen Pass erhielt, übersiedelte sie zurück nach Deutschland und ließ sich in Darmstadt nieder, wo ihr späterer Ehemann Walter Jokisch als Opernregisseur arbeitete.

Grete Weils Ziel war es, in ihrer Heimat »gegen das Vergessen anzuschreiben. Mit aller Liebe, allem Vermögen, in zäher Verbissenheit«[1]. In ihrer noch in Amsterdam geschriebenen Erzählung *Ans Ende der Welt,* die von der Deportation zweier holländisch-jüdischer Familien handelt, legte sie zum ersten Mal Zeugnis ab über die Verfolgung der niederländischen Juden. 1949 erschien die Erzählung im Ostberliner Verlag *Volk und Welt,* 1962 in Westdeutschland. Die niederländische Übersetzung *Naar het eind van de wereld* im darauffolgenden Jahr stieß auf größere Beachtung. Nach Arbeiten als Librettistin *(Boulevard Solitude,* Musik Hans Werner Henze, UA. 1952) und *Die Witwe von Ephesus* (Musik Wolfgang Fortner, UA 1952) entstand der (unveröffentlichte) Roman *Antigone.* Daneben Theater-Rezensionen, einige Essays und Übersetzungen englischsprachiger Autoren. 1963 vollendete Grete Weil den Roman

---

[1] Grete Weil, zit. nach Elisabeth Exner: Land meiner Mörder, Land meiner Sprache. Die Schriftstellerin Grete Weil, München 1998, S. 131

Tramhalte Beethovenstraat, in dem Grete Weil, zit. nach Elisabeth Exner: Land meiner Mörder, Land meiner Sprache. Die Schriftstellerin Grete Weil, München 1988, S. 131, sich mit den Kriegs- und Nachkriegserfahrungen von Deutschen, jüdischen Deutschen und Niederländern auseinandersetzte. Während der Roman in den Niederlanden schnell auf breites Interesse stieß, zeigte sich die Deutsche Gesellschaft erst ab den Achtzigerjahren reif genug, sich mit ihrer Vergangenheit zu beschäftigen.

Nach dem Tod ihres Mannes 1970 setzte Grete Weil mit dem Roman *Meine Schwester Antigone* von Neuem der Zeit des besetzten Amsterdams und der Judenverfolgung ein Denkmal. Nach vielen Absagen, 1980 von einem Schweizer Verlag veröffentlicht, leitete dieser Roman den Durchbruch der nunmehr 74-jährigen Autorin in Deutschland ein: als Chronistin der Besatzungszeit in den Niederlanden, als auf Aussöhnung bedachte Leidtragende, als außergewöhnliche Schriftstellerin. Ausgezeichnet mit zahlreichen Preisen (u. a. Tukan-Preis der Stadt München, Geschwister-Scholl Preis, Bayerischer Verdienstorden, Carl-Zuckmayer-Medaille des Landes Rheinland-Pfalz), starb Grete Weil im Mai 1999 in Grünwald bei München.

Werke

Weihnachtslegende 1943 (Theaterstück, Amsterdam 1945)
Ans Ende der Welt (Erzählung, Berlin 1949)
Tramhalte Beethovenstraat (Roman, Wiesbaden 1963)
Happy, sagte der Onkel (Erzählungen, Wiesbaden 1968)
Meine Schwester Antigone (Roman, Zürich 1980)
Generationen (Roman, Zürich 1983)
Der Brautpreis (Roman, Zürich 1988)
Spätfolgen (Erzählungen, Zürich 1992)
Leb ich denn, wenn andere leben (Autobiografie, Zürich 1995)